Yacht Kings

Rache

Renee Rose

Übersetzt von

Stephanie Kotz

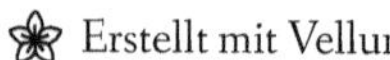 Erstellt mit Vellum

Renee Rose: HOLEN SIE SICH IHR KOSTENLOSES BUCH!

Tragen Sie sich in meine E-Mail Liste ein, um als erstes von Neuerscheinungen, kostenlosen Büchern, Sonderpreisen und anderen Zugaben zu erfahren.

https://www.subscribepage.com/mafiadaddy_de

Prolog

Dahlia

Wenn ich noch einmal mit einem verwöhnten, arroganten Teenager in einem Smoking tanzen muss, ramme ich mir einen Spieß ins Auge.

Ich strecke die Hand aus, nehme mir einen der besagten Spieße vom Tablett eines Kellners – dieser Spieß steckt momentan in einem Lachsstück – und schiebe mir das Häppchen in den Mund. Ich hoffe, dass ich dadurch weitere Gespräche mit meinem aktuellen Verehrer, Archie, verhindern kann. Er ist ein Blaublüter aus Manhattan, dessen Vater in einer der führenden Anwaltskanzleien der Wall Street arbeitet.

„Ich mag deine Kette." Sein Blick liegt nicht auf den Diamanten um meinen Hals, deren Wert im siebenstelligen Bereich liegt, sondern auf dem Dekolleté, das über dem trägerlosen Mieder meines Kleides sichtbar ist. Wenigstens fühlt er sich zu einem Teil meines echten Ichs hingezogen, auch wenn es nur mein Körper ist.

Wir befinden uns auf der neuesten und größten Yacht meines Vaters, der *Debütantin*, die speziell für meinen

Debütantenball gebaut wurde. Meine Mutter braucht natürlich den allerprotzigsten Veranstaltungsort, damit sie mit dem unermesslichen Reichtum und Status des Yachtkönigs angeben kann. Es ist wichtig, alle anderen Reichen und Schönen New Yorks zu übertrumpfen.

Ehrlich gesagt, verstehe ich den Sinn eines Debütantenballs nicht, da mir ohnehin nicht erlaubt ist, auf Dates zu gehen. Ich werde mir meinen Ehemann nicht selbst aussuchen. Ich werde meine wertvolle Jungfräulichkeit keinem Mann schenken, der mein Herz erobert, mich zum Zittern bringt und küsst, als hinge sein Leben davon ab.

Nein.

Meine Ehe wurde bereits so gut wie arrangiert.

Ich werde die Ehefrau eines Präsidenten werden.

Eine First Lady.

Das glaubt jedenfalls Babs, meine ehrgeizige Mutter. Das ist die Zukunft, die sie sich für mich wünscht. Für sich. Für unsere Familie.

Auf der anderen Seite der Tanzfläche wird mein Auserkorener – der achtzehnjährige Jake Reese der Dritte, der Sohn von Senator Jacob Reese – von einer Gruppe Mädchen der High Society umschwärmt. Sie hängen ihm praktisch an den Lippen.

Wir haben heute einmal miteinander getanzt, wobei er mich von oben herab betrachtet und informiert hatte, dass ich noch immer viel zu jung für ihn sei. Seitdem haben wir uns nicht mehr miteinander unterhalten.

Das ist mir recht. Ich habe hier nur eine echte Freundin und das ist Bea. Sie ist aktuell jedoch mit meinem plattfüßigen Cousin auf der Tanzfläche beschäftigt.

„Möchtest du tanzen?" Henrik, irgendein norwegischer Prinz, verbeugt sich und reicht mir seine Hand.

Archie, der weiß, dass er selbst einen niedrigeren Rang hat, entfernt sich höflich.

Henrik ist süß. Ich bin ihm bereits bei Besuchen unserer norwegischen Werft begegnet. Er sieht gut aus und ist höflich. Meine Füße bringen mich in diesen Absatzschuhen allerdings um und ich habe es satt, Small Talk zu betreiben, zu lächeln und zur Schau gestellt zu werden.

Leider hat mich meine Mutter keine einzige Minute dieses unerträglichen Events aus den Augen gelassen. Ich schaue zu ihr.

Momentan hat sie mir den Rücken zugekehrt und unterhält sich mit Loretta Reese, der Ehefrau des Senators.

Meine Chance ist gekommen.

„Das würde ich sehr gerne tun, aber ich muss eine kleine Pause machen. Entschuldigst du mich kurz, damit ich zur Damentoilette gehen kann?" Da ich meine Bitte als Frage formuliere, kann er der Held sein.

„Selbstverständlich." Henrik neigt höflich den Kopf. Seine perfekten Manieren passen zu seinen perfekten blonden Haaren und seinem makellosen Akzent.

„Danke. Ich werde dich aufsuchen, sobald ich zurückkehre", verspreche ich und stolziere so schnell weg, wie es meine High Heels erlauben.

Ich gehe zur Toilette für den Fall, dass meine Mom zuschaut, bevor ich einen Umweg die Treppe hinab zur Küche einschlage.

Ich ziehe einige überraschte Blicke auf mich, als ich durch die Kombüse husche und das schmale Personaldeck betrete. Mehrere Kellner, die sich dort aufgehalten und unterhalten haben, nehmen Haltung an.

Einer bewegt sich gar nicht und mustert mich bloß, während er an der Reling lehnt und einen tiefen Zug von seiner Zigarette nimmt.

Oh, verdammt.

Er hat dunkle Haare, die sich über einer Seite seiner Stirn locken, und eine *Mir ist alles scheißegal* Haltung. Er trägt das blütenweiße Hemd, die schwarze Hose, Fliege und den Kummerbund der Kellner und schafft es irgendwie, königlicher als ein Prinz auszusehen, aus Norwegen oder von anderswo.

Gelangweilt betrachtet er mein hellrosa, trägerloses, bauschiges Kleid, die ellenbogenlangen Kalbslederhandschuhe und die Halskette, die mehr wert ist als mein gesamtes Sparkonto fürs College.

Bei seinem Blick wird mir heiß.

Mein erster Gedanke ist, dass er nicht weiß, wer ich bin. Ihm ist offensichtlich nicht klar, dass dies die Yacht meines Vaters ist und sein Blick als unverschämt aufgefasst werden würde.

Dann wird mir bewusst, dass er wissen *muss*, dass ich jemand Wichtiges bin.

Doch ihm ist das egal.

Sein spöttischer Blick deutet sogar an, dass *ich ihn* in diesem Moment unterbreche. Dass dies sein Territorium ist und ich der Eindringling bin.

Mein Herzschlag beschleunigt sich. Vielleicht ist es das, was diesen Reiz auf mich ausübt. Er ist offenkundig der Bad Boy, der die Regeln nicht befolgt. James Dean und Elvis in einem wundervollen Päckchen.

Ihm muss doch klar sein, dass ich ihn innerhalb eines Wimpernschlags feuern lassen kann.

Ich stolziere zu ihm und lehne eine Hüfte neben ihn an die Reling. Aus der Nähe sieht er noch besser aus. Seine Augen haben die Farbe von Whisky und seine Wimpern sind für einen Mann dicht und lang.

„Lass mich mal ziehen", verlange ich.

Er wölbt eine dunkle Augenbraue. Bei ihm sieht das sexy aus. Beinahe schwindelerregend schön. In den vier endlosen Sekunden, die er für seine Reaktion braucht, atme ich nicht. Irgendwann dreht er die Zigarette jedoch um und hält sie an meine Lippen.

Das hat etwas Intimes an sich. Er gibt mir die Zigarette nicht – er kontrolliert, wie sie meinen Mund berührt. Wann sie geht. Ich rieche die Seife seiner sauberen Hände sowie den Tabak und die Asche.

Ich habe noch nie in meinem Leben geraucht.

Mir fällt zu spät auf, dass es eine schreckliche Idee ist. Der Geruch wird an mir haften – an meinem Kleid und meinem Atem.

Ich sollte eigentlich zur Tanzfläche zurückkehren und der High Society Star der Nacht sein. Dennoch begehe ich gerade einen Fauxpas, bei dem jede Frau im Personenkreis meiner Mutter empört mit der Zunge schnalzen würde. *Rauchen!*

Der gut aussehende Kellner sieht mich mit einer Herausforderung in seinem durchtriebenen Blick an. Ich realisiere, dass er alles sieht – meine Naivität, meine törichte Rebellion.

Ich glaube nicht, dass er es witzig findet. Er findet mich nicht niedlich. Tatsächlich lodert in seinen dunklen Augen ein Funke Zorn.

Also stelle ich mich der Herausforderung. Ich schließe meine pink bemalten Lippen um die Kippe und sauge.

Und würge.

Huste.

Ich versuche, frische Luft einzuatmen, um meine heiße Kehle und Lunge abzukühlen.

Dann huste ich noch mehr.

Als ich es wage, den Fremden wieder anzuschauen, stelle ich fest, dass er mich nach wie vor kühl mustert.

Er zieht noch einmal langsam an der Zigarette und lässt mich nicht aus den Augen. Er dreht den Kopf, um den Rauch von meinem Gesicht wegzublasen, unterbricht den Blickkontakt jedoch nicht.

„Ist das hier dein Ball?"

Die Faust, die meinen Solarplexus seit dem Aufwachen umschließt, als meine Mutter anfing, mich wegen allem zu kritisieren, was ich noch zu tun hatte und an mir nicht perfekt war, spannt sich an. Ich starre an ihm vorbei auf das tintenschwarze Wasser unter uns. „Angeblich."

Er bemerkt die Bitterkeit in meinem Ton und seine Mundwinkel biegen sich nach oben. Das daraus resultierende Lächeln ist atemberaubend. Meine Knie werden weich und Hitze wirbelt in meiner Mitte.

„Also bist du hier hinten und rebellierst?" Sein Grinsen wird breiter, was sein Gesicht verwandelt und ihm einen offeneren, jungenhaften Ausdruck verleiht.

Ich nehme ihm die Zigarette aus der Hand und versuche erneut, daran zu ziehen. Daraufhin huste ich noch mehr. „Ich schätze schon."

„Nun." Er lässt einen kritischen Blick über mich schweifen. „Es steht dir gut."

Ich hebe überrascht den Blick zu seinem Gesicht und versuche, abzuschätzen, ob er es ernst meint. Mit einem Kompliment habe ich nicht gerechnet. Ich war mir sicher, ich würde Spott von ihm ernten.

Als ich ihn anschaue, stelle ich fest, dass ich den Blick unmöglich abwenden kann. Ich werde von seinem guten Ausschen geblendet. Von den Fältchen an seinen Augenwinkeln, der Römernase und dem kantigen Kiefer. Den riesigen Händen, die aussehen, als könnten sie großen Schaden anrichten.

Oder viel Lust bereiten ...

Er nimmt mir die Zigarette aus den Fingern und wirft sie ins Wasser. „Nun, dann." Wie ein Gentleman reicht er mir seine Hand.

Mir wird plötzlich schwindlig, als ich darüber nachdenke, sie zu ergreifen. Als wüsste ich irgendwie, dass mein Leben nie wieder dasselbe sein wird, wenn ich es tue.

„Komm schon." Er neigt den Kopf in die entgegengesetzte Richtung der Reling, als hätte er einen Plan. „Dann wollen wir mal schauen, ob wir dich in echte Schwierigkeiten bringen können."

Kapitel Eins

1964 (7 Jahre später), Cape Cod, Massachusetts

Antonio

„Deine Zeit ist abgelaufen." In einem Smoking, der meiner breitschultrigen Figur auf den Leib geschneidert wurde, lehne ich an der Sandsteinmauer der St. Mary's Cathedral. In meiner Hand befindet sich keine Pistole. Ich brauche keine.

Benedict King kennt mich. Er weiß, warum ich hier bin und dass ich den Don der Beretta-Familie repräsentiere. Er sieht vermutlich auch, dass ich überall auf dem Kirchhof Männer positioniert habe, die sich unter die achthundert Gäste mischen, die wegen der Hochzeit des Jahres zusammenkommen.

„Bitte, *bitte*." Der Mann hält dicke, zitternde Hände hoch. Schweiß rinnt von seinem Haaransatz hinab. „Heute ist die Hochzeit meiner Tochter. Erlauben Sie mir, sie zum

Altar zu führen. Bitte gestatten Sie mir, sie zu verheiraten, bevor Sie mich töten."

Meine Oberlippe kräuselt sich bei der Erwähnung seiner kostbaren Tochter. „Wer sagt, dass ich nicht hier bin, um sie ebenfalls zu töten?", frage ich beiläufig.

Furcht flammt in den Augen des fetten Mannes auf. Er blinzelt hektisch und seine Pupillen sind nur noch winzige schwarze Stecknadelköpfe in seinen hellblauen Augen. Er trägt einen weißen Smoking, als sei *er* die Jungfrau, die heute in die Ehe verkauft wird, und nicht seine verwöhnte Tochter.

„Rühren Sie Dahlia nicht an." Spucke fliegt aus seinem Mund.

„In dem Moment, in dem du die Berettas reingelegt hast, waren dein Leben, das deiner Frau und deiner Tochter verwirkt. Ich bin hier, um die Schuld einzutreiben."

Ein Schweißtropfen rollt über seine Stirn. „Sie können nicht ..."

„Benedict! Wo warst du nur? Die Zeremonie fängt gleich an!" Barbara King – oder Babs, wie sie in der Gesellschaftsspalte genannt wird – eilt um die Ecke und bleibt bei meinem Anblick wie angewurzelt stehen. Nach einem Blick zu ihrem Ehemann weiß sie, dass etwas nicht stimmt. „Wer sind Sie? Was ist hier los?"

Ich schenke ihr ein Haifischgrinsen. „Ich bin der Mann, der gekommen ist, um dich zu töten, Babs."

Sie schwankt und sämtliche Farbe weicht ihr aus dem Gesicht.

„Fang sie auf, bevor sie ohnmächtig wird", befehle ich ihrem Arschloch-Ehemann.

Benedicts Reflexe sind langsam, doch es gelingt ihm, den Ellenbogen seiner Frau zu packen, bevor sie umkippt.

„Benedict", schluchzt sie. „Was passiert hier? Was hast du getan?" Sie blickt suchend in sein Gesicht.

Er erwidert ihren Blick. Auf seinem Gesicht zeichnet sich Bestürzung ab. Reue. Entsetzen darüber, was gleich geschehen wird. „Das Geld, das ich bei dem Shellingham-Deal verloren habe, Babs. Es war geliehen." Er sieht mich an.

Babs richtet langsam einen verängstigten Blick auf mich. „Von der *Mafia?*", krächzt sie.

„Das stimmt, Schätzchen", bestätige ich. „Und der Yachtkönig hat zu lange gebraucht, um das Ganze mit Don Beretta zu klären. Also wird es heute nicht das Happy End geben, das du für eure hübsche Dahlia geplant hast."

Meine Oberlippe kräuselt sich angewidert, nur weil ich den Namen des Mädchens aussprechen muss. Das Mädchen, das ich vor all diesen Jahren nicht hätte anfassen sollen.

Heute ist jedoch der Tag, an dem ich endlich Rache nehmen kann.

An dem ich den Yachtkönig und seine kostbare Debütantin bezahlen lassen kann.

Er erinnert sich nicht an mich. Warum sollte er auch? Ich bin nur der Kerl, den er auf dem Debütantenball seiner Tochter als den *Arbeiter-Rohling* in einem Frack abgestempelt hat. Wahrscheinlich bin ich nur einer von tausenden Männern, deren Leben er ruiniert hat.

„Warten Sie! Gibt es nichts, was wir tun können?", fleht Babs. „Die Yachten? Benedict, gib ihm den Lagerbestand! Der muss ein Vermögen wert sein!"

Ich verschränke die Arme vor der Brust, um zu zeigen, dass ich zuhöre. Ich bin nicht hierhergekommen, um sie zu töten, würde allerdings nicht zögern, es zu tun, sollte es notwendig werden. Leichen machen den Don nicht reich, weshalb ich in Wahrheit hier bin, um mir alles unter den Nagel zu reißen, was der Yachtkönig besitzt.

Einschließlich seiner Tochter.

Sie ist allerdings nicht für den Don.

Sie ist für mich.

Benedict wirft seiner Frau einen nervösen Blick zu. „J-ja. Ich kann Ihnen den Lagerbestand geben. Fünfundvierzig Yachten, die sich in verschiedenen Bauphasen befinden."

Fünfundvierzig Yachten, die bereits gekauft wurden. Der einst reiche Schiffsbauer steckt bis über beide Ohren in Schulden. Aber klar, der Don würde den Lagerbestand nehmen und es Benedict überlassen, das Ganze seinen anderen Gläubigern zu erklären.

Aus diesem Grund hat er mich hergeschickt.

Ich will jedoch mehr.

Ich bin nicht hergekommen, um mir ein Stück von seinem Kuchen zu nehmen.

Ich bin gekommen, um ihm seine ganze Welt zu nehmen.

Um diesen Wurm eines Mannes zu zerquetschen.

Der Don wird nicht glücklich darüber sein, aber das werde ich später in Ordnung bringen. Ich werde das Geschäft für ihn führen und ihm die Gewinne überlassen. Ich werde ihn mit einem legitimen Unternehmen reich machen. Außerdem wird er mich zum Prinzen der Beretta-Familie krönen, wenn ich ihm erkläre, was für ein Vorteil es ist, unsere eigenen Seeschiffe zu besitzen, mit denen wir Waffen und andere verbotene Waren schmuggeln können.

Ich sage nichts.

„Nehmen Sie die Häuser. Die Autos! Alles!", fleht

Babs. „Bitte, sagen Sie uns, was wir tun sollen, und wir werden es tun."

Ah. Das ist die Öffnung, auf die ich gewartet habe.

„Ich werde das Unternehmen übernehmen. Die Yacht-könig-Firma."

Benedict sieht aus, als würde er sich gleich übergeben, seine Frau ruft jedoch „Ja!", sowie die Worte meinen Mund verlassen haben. Ich hole einen Stapel gefalteter Papiere aus der Innentasche meiner Smoking-Jacke.

„Überschreib mir alles, was dir gehört", befehle ich.

„Tu es!", ruft Babs.

„Na schön. Geben Sie mir den Stift", blafft Benedict.

Ich warte, bis er auf jedem Strich unterschrieben hat, bevor ich zum letzten Schlag aushole. „Das deckt deine Schuld beinahe ab."

Babs Augen quellen aus ihren Höhlen. „Was wollen Sie denn noch?" Ihre Stimme ist praktisch ein Kreischen.

„Eure Tochter."

Diese Aussage sorgt dafür, dass beide stocksteif werden. Sie starren mich voller Entsetzen an.

„W-was s-soll das heißen ... unsere Tochter?" Babs Kinn zittert.

Ich spreize meine Hände. „Du hast eine Hochzeit geplant. Das Event des Jahres. Wir werden es offiziell machen. Eure Tochter heiratet heute mich, um den Deal zu besiegeln. Auf diese Weise ergibt alles Sinn. Das Unternehmen wird an euren neuen Schwiegersohn übergeben."

„Nein!" Babs ist entsetzt.

Benedict taumelt nach rechts und greift sich an die Brust.

„Ich werde sie beschützen, solange ihr euren Teil des Deals einhaltet."

Jetzt versteht mich Benedict. Niemand wird zur Polizei gehen. Niemand wird versuchen, diesen Deal rückgängig zu machen. Niemand wird seine Verbindungen zu Senator Reese oder seinem schlappschwänzigen Bürgermeistersohn nutzen, um gegen die Beretta-Familie vorzugehen.

Nein, er muss in *La Famiglia* einheiraten, wenn er am Leben bleiben will und möchte, dass ich seine Tochter wie die schimmernde Perle behandle, für die er und Babs die verwöhnte Göre halten.

Er nickt ruckartig. „Okay."

„Was?" Babs bricht zusammen und ihre Knie knicken erneut ein. Ihr Ehemann muss sie aufrechthalten. „Du kannst nicht", krächzt sie. „Benedict ... die Hochzeit."

„*Meine* Hochzeit", korrigiere ich. „Meine Hochzeit mit dem Mädchen, von dem du mir einst gesagt hast, dass ich ihrer nicht würdig bin. Genau genommen, bin ich dir zufolge nicht einmal würdig genug, *um die Scheiße von ihren Designerschuhen zu lecken.*" Ich ziehe meine Augenbrauen hoch und schaue Benedict an. Ich habe mir diesen Moment jeden Tag ausgemalt, an dem ich wegen seiner ausgedachten Anschuldigungen im Gefängnis gesessen hatte. „Erinnerst du dich daran?"

Benedict blinzelt verwirrt und sein Mund steht offen.

Nein, er erinnert sich nicht. Er hat das Leben zu vieler Personen zunichtegemacht, die er für so minderwertig hielt, dass sie für ihn nichts zählten.

„Auf ihrem Debütantenball. Du erinnerst dich bestimmt. Der *Arbeiter-Rohling?*"

Ich beobachte, wie die Erkenntnis auf seinem Gesicht aufblitzt, bevor er es vor Zorn verzerrt. „*Du.*"

Ich nicke. „Ich."

Er spreizt die Arme. „*Das hier?* Darum geht es hier?"

Ich könnte nicht mehr Befriedigung in mein Lächeln

legen. Ja. All das hier. Ich habe sieben Jahre lang daran gearbeitet. Nach dem Gefängnis wurde ich die rechte Hand meines Onkels, sorgte dafür, dass Benedict Kings Investitionen schiefgingen, und stellte sicher, dass er einen Kredit aufnehmen musste, den er nie zurückbezahlen könnte.

Ja, ich habe Benedict Kings Niedergang herbeigeführt seit dem Abend des Balls, als mich seine Security verprügelte und anschließend zur Polizei schleifte, um Lügen zu erzählen, die niemand hätte glauben sollen.

Und heute ist der Tag der Abrechnung.

Mir gehören jetzt Benedict King, seine Frau und, am wichtigsten, seine eingebildete Jungfrau.

Diejenige, die gleich versprechen wird, mich zu lieben, zu ehren und mir zu gehorchen.

* * *

Dahlia

Auf meinem Kopf sitzt eine Tiara. Ich wollte einen Blumenkranz. Die Art Kranz, bei dem Bänder über den Hinterkopf fallen und sich mit den weichen Locken mischen. Meine Mutter wollte jedoch nichts davon wissen.

Meine Haare wurden hochgesteckt, sodass die Diamantohrringe, die mir Jake auf unserer Verlobungsfeier geschenkt hatte, zu sehen sind. Ich argumentierte, dass die Tiara von den Ohrringen ablenkt, doch am Ende hatte ich in dieser Angelegenheit nichts zu vermelden.

Es war meine Hochzeit, aber wie jeder andere Augenblick meines Lebens gehörte sie meinen Eltern.

Bea, meine beste Freundin – diejenige, die ich zur Trauzeugin machen wollte, was meine Mutter abgelehnt hatte – tupft noch ein wenig Rouge auf meine Wangen.

„Du siehst blass aus. Du wirst dich nicht übergeben, oder?"

Ich starre aus dem Kirchenfenster und beobachte die hereinströmenden Gäste. Hunderte Leute, die ich nicht kenne.

Natürlich habe ich all ihre Namen und soziale Stellung auswendig gelernt. Ich weiß, wer wer ist und was sie für meine und Reeses Familie bedeuten. Ich weiß, dass ich heute jedem Einzelnen Honig ums Maul schmieren muss.

Das ist meine Aufgabe.

Bei dieser Hochzeit geht es nicht um die Ehe. Es ist ein politisches Event, das von den Reeses und meinen Eltern geplant wurde, um Jakes Bürgermeisterkarriere zu fördern und ihm das Gouverneursamt von New York City zu sichern.

Das hier wird für den Rest meines Lebens mein Job sein: hübsch aussehen, Namen auswendig lernen und den richtigen Leuten schmeicheln.

„Selbst wenn ich das tue, wird nicht viel rauskommen. Ich habe heute noch nichts gegessen."

„Nun, vielleicht ist das das Problem", meint Bea. „Ich hole dir etwas."

Die Zimmertür öffnet sich und meine Mom streckt den Kopf herein. „Es ist Zeit. Komm her, Dahlia. Es hat eine Planänderung gegeben."

Meine Mom wirkt wild und hysterisch. Ausnahmsweise mustert sie mich nicht kritisch von Kopf bis Fuß, um mir aufzuzählen, was momentan nicht perfekt an mir ist. Etwas muss unten schiefgegangen sein.

Der Pfarrer ist nicht gekommen. Oder Jakes Schwester, meine zickige Trauzeugin, hat sich den Knöchel verstaucht oder so etwas. Was immer es ist, sie kann wenigstens nicht mir die Schuld dafür geben.

„Bea, lass uns eine Minute allein", befiehlt meine Mom.

„Natürlich, Mrs. King. Ich wollte Dahlia gerade etwas zu Essen besorgen." Bea verdreht die Augen, als sie hinter dem Rücken meiner Mom vorbeigeht, und wirft mir eine Kusshand zu.

Ich weiß, dass etwas schrecklich schiefgegangen ist, als meine Mom Bea nicht sagt, dass ich nichts essen kann, weil mein Bauch in dem Hochzeitskleid sonst zu aufgebläht wirkt.

„Hör mir zu, Dahlia." Meine Mom packt meine nackten Schultern und drückt so fest zu, dass ich versuche, mich von ihr zu lösen. Sie schüttelt mich.

„Mom, du wirst Abdrücke hinterlassen!", rufe ich. Ich kann mir nicht vorstellen, dass sie möchte, dass die schnee-weißen Schultern ihrer kostbaren Tochter rote Flecken haben, wenn sie zum Altar schreitet.

„Hör mir zu."

Etwas an ihrem Ton reißt mich aus meiner Gereiztheit. Ich habe sie noch nie so sprechen hören. Sie ist immer so kontrolliert und damenhaft, sogar wenn sie andere zur Schnecke macht.

Ich erstarre. „Was ist los? Geht es um Daddy?"

Mein Dad ist übergewichtig und gestresst. Perfekte Voraussetzungen für einen Herzinfarkt.

„Nein. Ja. Hör zu!"

Meine Stimme wird schriller. „Ich höre zu, Mom. *Erzähl mir, was los ist.*"

„Du wirst vor den Altar treten und den Mann heiraten, der dort steht."

Ich blinzle. *Nun, das ist offensichtlich.*

Hat meine Mutter zu viel Valium genommen?

„Und?"

Meine Mutter schüttelt eindringlich den Kopf.

Es gibt eindeutig etwas, was ich nicht verstehe.

Bea klopft an die Tür und steckt den Kopf herein. „Ihr zwei, es ist Zeit! Es warten alle.“

„Du wirst den Mann am Altar heiraten“, wiederholt meine Mom, als hätten diese Worte eine tiefere Bedeutung.

„Das ist der Plan“, erwidere ich mit falscher Fröhlichkeit. Jake Reese, mein Auserkorener seit ich dreizehn Jahre alt war.

Ein Mann, den ich weder liebe noch bewundere. Er ist ein aufgeblasenes Arschloch, das sich nur für sich selbst interessiert.

Ich werfe Bea einen verwirrten Blick zu, die mir meinen riesigen weißen und pfirsichfarbenen Brautstrauß reicht.

Sie zuckt mit den Achseln. „Showtime.“ Sie hebt die Schleppe meines Kleides hoch, damit ich vor ihr gehen kann.

„Versprich es mir“, ruft Mom hinter uns. „Versprich mir, dass du es tun wirst.“

Was zum Teufel ist hier los?

Es spielt keine Rolle. Ich habe keine Zeit, um mich heute Nachmittag mit ihrer Theatralik zu befassen.

„Ich tue es in eben diesem Moment, Mom.“ Ich drehe mich nicht um. Wir kommen an den Türen zum Kirchenschiff an, hinter denen die restliche Hochzeitsgesellschaft wartet.

Meine Mom ergreift den Arm eines Trauzeugen. „Unser Leben hängt davon ab“, zischt sie mir zu, kurz bevor sie durch die Türen geht.

„Jesus H. Christ. Hat sie sich an der Hausbar vergriffen?“, flüstert Bea.

Ich verkneife mir ein Lachen. Gott sei Dank habe ich Bea, ansonsten würde ich diesen Tag niemals überstehen.

Sie ergreift den Arm ihres Trauzeugen und stolziert los.

Ich sehe Britt, meine Trauzeugin, nicht. Vielleicht ist sie bereits reingegangen? Ich bin verwirrt.

Das Blumenmädchen hüpft los und verteilt Rosenblütenblätter.

„Wir sind dran." Mein Dad reicht mir seinen Arm.

Als ich ihn ergreife, bemerke ich, dass er ebenfalls schrecklich aussieht. Ich bleibe stehen. „Dad? Was ist los?"

Er schwitzt und atmet schwer. Er sieht aus, als würde er gleich umkippen. „Hat deine Mutter mit dir gesprochen?"

„Ja, aber ich verstehe es nicht. Was geht hier vor sich?"

„Trete einfach vor diesen Altar und gib dem Mann dort deine Versprechen. Dann werden wir alle diesen Tag überleben." Er zieht mich ins Kirchenschiff.

Achthundert Leute stehen auf, als die Violinisten mit Wagners ‚Hochzeitsmarsch' beginnen.

Dann werden wir alle diesen Tag überleben.

Meine Füße bewegen sich vorwärts. Die Schleppe meines Kleides raschelt hinter mir. Ich verstehe nicht, was mir mein Dad sagen will. Nichts davon ergibt Sinn.

Die Gäste drehen sich erwartungsvoll zu mir um. Ich höre Gemurmel, es geht allerdings nicht darum, wie hübsch ich aussehe. Es ist das Summen verwirrten Flüsterns.

Wen heiratet sie? Wo ist Jake? Was ist los?

Ich drehe mein falsches Lächeln noch stärker auf und schaue zum Altar und meinem Bräutigam.

Das ist der Moment, in dem ich realisiere, dass nicht der Bürgermeister von New York City am Altar steht und auf mich wartet.

Es ist ein anderer Mann. Jemand mit dunklen Haaren, der mich aufmerksam beobachtet.

Jetzt verstehe ich, was meine Eltern gemeint haben. *Ich*

heirate heute einen anderen. Und es geht um Leben und Tod.

Die Luft entweicht meiner Lunge, als ich näher komme.

Mein Gott.

Das kann nicht sein.

Er ist es. *Der Kerl vom Ball.*

Kapitel Zwei

*A*ntonio

Dahlia lässt ihren Strauß fallen.

Ihre Lippen teilen sich.

Benedict bückt sich, hebt die Rosen auf und reicht sie ihr. „Gib dein Eheversprechen", zischt er, als er sie vor den Altar führt und ihren Schleier lüftet.

Dahlia betrachtet mich unverwandt, ihr hellblauer Blick verhakt sich mit meinem. Sie wirbelt herum und schaut über ihre Schulter zu ihrer Mutter, die in der vordersten Kirchenbank weint. Anschließend blickt sie zu den Ausgängen und bemerkt zweifellos, dass ich jeden einzelnen blockiert habe.

„Es gibt keinen Fluchtweg, Dahlia", murmele ich. „Du wurdest gerade in die Sklaverei verkauft."

Ich sage es, um grausam zu sein. Um sie für die Vergehen ihres Vaters zu bestrafen. Und für ihre.

Dahlia ist der ultimative Rachefick.

Sie richtet ihren Blick auf mich. Ich rechne mit Verwirrung. Tränen. Einer Weigerung. Stattdessen reckt sie das Kinn. „Ich werde nicht fliehen."

Und das erinnert mich daran, warum ich sie damals verführt habe. Ich genoss diese rebellische Seite – die, die sie von dem Rest dieses Haufens unterscheidet. Ich glaubte – fälschlicherweise –, dass es bedeutete, sie hätte eine Seele in dieser perfekten Hülle.

Ich schaue zu dem Pfarrer, mit dem ich gesprochen habe, bevor wir reingekommen sind. Er und ich sollten einander nun wunderbar verstehen, da ich die Taschen seiner Kirche gefüllt habe. „Legen Sie los."

Er begrüßt die Gäste. „Den Wünschen der Familie entsprechend werden wir die Lesungen und Gebete überspringen und uns direkt den Eheversprechen widmen. Antonio und Dahlia, seid ihr hierhergekommen, um die Ehe ohne Zwang, freiwillig und uneingeschränkt einzugehen?"

Ich nicke. „Das bin ich."

Dahlia blickt erneut zu ihren Eltern in der vordersten Kirchenbank. Beide nicken heftig mit den Köpfen. Sie schaut über ihre Schulter zu ihrer Brautjungfer, die genauso verwirrt aussieht wie sie und den Kopf schüttelt.

Ich lege meinen schief und werfe Dahlia einen warnenden Blick zu. Sie kennt mich nicht – sie weiß nicht, wozu ich fähig bin oder wer ich bin. Ich bezweifle, dass sie überhaupt meinen Vornamen kannte, bevor ihn der Pfarrer erwähnte. Den Blick versteht sie jedoch. Das erkenne ich daran, dass sie erbleicht und schluckt.

„Das bin ich." Man muss ihr zugutehalten, dass ihre Stimme klar und ruhig klingt.

Dem Mädchen wurde antrainiert, eine Rolle zu spielen, und jetzt spielt sie die Rolle ihres Lebens.

„Seid ihr bereit einander auf dem Pfad der Ehe zu lieben und zu achten, bis dass der Tod euch scheidet?"

„Das bin ich", antworte ich.

„Das bin ich."

„Seid ihr bereit, die Kinder anzunehmen, die Gott euch schenken will, und sie im Geist Christi und seiner Kirche zu erziehen?"

Bei der Erwähnung von Kindern geht ein Zittern durch Dahlia, doch nach einem weiteren kurzen Blick zu ihren Eltern antwortet sie nach mir: „Das bin ich."

„Da es eure Absicht ist, den Bund der heiligen Ehe einzugehen, verschränkt eure Hände ineinander und bekundet vor Gott und seiner Kirche, dass ihr euch zu dieser christlichen Ehe entschlossen habt."

Ich greife nach der Hand meiner jungfräulichen Braut und nehme ihre kalten, zitternden Finger in meine. „Ich, Antonio Beretta, nehme dich, Dahlia King, zu meiner Ehefrau."

Als ich meinen Nachnamen ausspreche, geht ein Keuchen durch das Publikum.

„Ich verspreche, dir die Treue zu halten, dich zu lieben und zu achten in guten und schlechten Zeiten, in Gesundheit und Krankheit alle Tage meines Lebens."

Ja, ganz richtig, alle miteinander. Der Yachtkönig hat gerade seine Abrechnung erhalten.

Jetzt muss ich seiner Tochter nur noch die gleiche Behandlung angedeihen lassen.

Ich vermute, dass das genauso, wenn nicht sogar noch erfreulicher werden wird.

Dahlia legt ihr Eheversprechen wie ein braves Mädchen ab und wir stecken uns die Ringe an. Ja, ich gebe ihr den Ring, den ihr der auserkorene Bräutigam gekauft hat. Ich habe ihn dem jungen Politiker abgenommen, bevor ich ihn und seine Familie in eine Limousine gesetzt habe, die sie unter den wachsamen Blicken meiner Männer zurück nach Manhattan fahren wird. Ich werde es Benedict überlassen, sicherzustellen, dass sie das Ganze anstandslos hinnehmen, wenn die Hochzeit vorbei ist.

Der Pfarrer erklärt uns zu Mann und Frau. Er schlägt nicht vor, dass ich die Braut küsse, doch ich nehme mir, was mir zusteht. Ich lege eine Hand an die Seite ihres makellosen Gesichts und neige ihre Lippen zu meinen.

Wut blitzt in ihren hellen Augen auf, als ich den Kopf senke. Ich halte mit meinem Mund nur Millimeter entfernt von ihrem inne. „Sei ein braves Mädchen und küsse deinen Ehemann", raune ich.

„Fick dich", flüstert sie, geht jedoch auf die Zehenspitzen und gibt mir einen schnellen Kuss. Sie versucht, zurückzuweichen, aber ich halte sie fest, drücke meine Lippen auf ihre und schiebe meine Zunge vor den Augen aller in ihren Mund.

Ich höre das schockierte Einatmen der Zuschauer. Das Flüstern wird lauter, als ich fortfahre, den Mund meiner Braut zu plündern.

Sie schmeckt nach Pfefferminzzahnpasta. Ihre Lippen sind so weich, wie ich sie in Erinnerung habe. Ihre Haut ist noch genauso glatt. Das war damals mein Untergang, schätze ich. Eine Minderjährige zu küssen, rechtfertigte allerdings nicht drei Jahre im Gefängnis.

Sie beginnt, sich zu wehren und mich wegzustoßen, doch ich lasse sie nicht los.

Sie muss lernen, dass sie in dieser Ehe nichts zu vermelden hat. Vor allem nicht, wenn es darum geht, wie oft und gründlich ich ihren hübschen kleinen Körper benutze.

Ich löse meine Lippen von ihren, lasse meine Hand jedoch an ihrer Wange liegen. Mit dem Daumen streichle ich über ihren Wangenknochen. „Dein Ungehorsam wird Konsequenzen nach sich ziehen, *Principessa*."

Sie gibt keinen Laut von sich, ein empörtes Schnauben entreißt sich allerdings ihrer Brust.

„Jetzt lächle, nimm meinen Arm und begleite mich nach draußen. Ich bin der neue Yachtkönig und du bist mein Preis.“

Ich führe sie aus der Kathedrale, wo wir mit Reis beworfen werden, während wir lächeln, winken und in die wartende Limousine einsteigen.

„Zur Yacht“, befehle ich.

Benedicts Hochzeitsgeschenk für das Paar ist eine wunderschöne, neue Yacht namens *The Honeymoon*, die mit dem Geld meines Onkels gekauft wurde. Jetzt gehört sie mir. Ich habe Benedict bereits sein gesamtes Personal von der Yacht abziehen lassen – mit Ausnahme des Kapitäns, der jetzt zu mir gehört. Meine Männer haben das Sagen über das Schiff. Mein Zweig der Beretta-Familie hat gerade ein neues Hauptquartier erhalten.

Dahlia starrt ungläubig aus dem Fenster. Ich greife an ihr vorbei, um das getönte Glas runterzulassen. „Lächle und winke, Darling. Zeig ihnen, wie glücklich du bist.“

Ich rechne mit einem weiteren *fick dich*, doch sie murmelt nur „Ich bin nicht dein *Darling*“ und tut wie geheißen. Ich schätze, das passt. Ihre Rebellionen sind winzig – private Einblicke in ihren Willen, während sie äußerlich genau so agiert, wie man es von ihr erwartet. Als wäre sie nicht in der Lage, die Form zu verlassen, in die man sie gepresst hat, ganz gleich wie sehr sie sie hasst.

Sobald wir außer Sichtweite der Leute sind, dreht sie sich um und starrt mich an. „Was ist gerade passiert ... *Antonio?*“

Sie spuckt meinen Namen aus, als würde er sie beleidigen. Als hätte ich ihn all diese Jahre vor ihr geheim gehalten.

„Ich habe gerade meine Schulden eingetrieben." Ich lehne mich gegen die Sitzlehne und Befriedigung durchströmt meine Adern.

Ihr Mund öffnet und schließt sich, bevor er sich wieder öffnet. „Und *ich* bin dein Preis?"

„Das Yachtgeschäft war mein Preis. Du bist nur das Tüpfelchen auf dem i. Der *Coup de Grace*, wie man so schön sagt."

Ich frage mich, ob sie mein Französisch bewundert. Ob sie sich fragt, wo der einfache Kellner, den sie von den Männern ihres Vaters am Abend ihres Balls wegschleifen ließ, eine derart edle Aussprache gelernt hat. Ich habe es definitiv nicht in einer parisischen Privatschule gelernt wie die, die sie besucht hat. Nein, ich habe meine Bildung im Gefängnis erhalten. Französisch war einer der vielen Fernkurse, die ich belegte, während ich meine Rache plante.

Ich musste mir so viele Fertigkeiten wie möglich aneignen, damit ich Benedict Kings Leben komplett übernehmen konnte.

Dahlia starrt mich vollkommen verwirrt an.

Also wusste sie nicht, was mit mir passiert war.

„Hast du dich jemals gefragt, was aus mir geworden ist, *Principessa?*"

Farbe flutet ihre Wangen, vielleicht weil sie sich daran erinnert, was ich in jener Vorratskammer mit ihr getan hatte. „Natürlich habe ich mich das gefragt!", entgegnet sie entrüstet.

Ich glaube ihr nicht. Ihr Vater hat sich jedenfalls nicht an mich erinnert oder daran, was er getan hatte. Ich hatte, ehrlich gesagt, damit gerechnet, dass sie mich am Altar nicht erkennen würde.

„Tu nicht so, als hättest du an mich gedacht." Ich streichle ihre Wange und sie zuckt zurück.

„Ich verstehe wirklich nicht, was hier los ist. Warum hast du meine Hochzeit gesprengt? Was ist mit Jake passiert? Was hast du gegen meine Eltern in der Hand?"

Die Erwähnung ihres Freundes macht mich wütend. Ich werfe mittlerweile seit Jahren Dartpfeile auf die Zeitungsausschnitte mit ihren Fotos.

„Zu gegebener Zeit werde ich dir das verraten, *Bella*."

„Nein. Du sagst es mir jetzt."

„Oh, Dahlia. Es gibt eine Sache, die ich dir über unsere Ehe verraten werde." Ich bedenke sie mit einem gefährlichen Blick. „Du erteilst keine Befehle."

Wut blitzt in ihren Augen auf, sie klappt ihren Mund jedoch zu und sagt nichts mehr. Sie ist entweder zu gut erzogen oder hat zu große Angst vor mir. Aus irgendeinem Grund hoffe ich, dass Ersteres zutrifft.

Sie blickt in die Richtung der Kathedrale. „Lassen wir die Hochzeitsfeier sausen?"

Ich vermute, dass ihr Gehirn Schwierigkeiten hat, zu begreifen, dass die Hochzeit, die ihre Mutter so perfekt geplant hat, gründlich über den Haufen geworfen wurde.

„Ja, Liebes. Ich sperre dich ein, bis du genügend unter meiner Fuchtel stehst."

Sie greift nach oben, fummelt an ihrer Tiara herum und reißt sie sich aus den Haaren, wodurch sie die Locken an ihrer Stirn durcheinanderbringt. Man könnte meinen, sie hätte selbst im Gefängnis gesessen, denn sie greift ohne Vorwarnung an, nutzt die Tiara als Waffe und schlägt damit nach mir, wobei sie auf meine Augen zielt.

Ich packe ihr Handgelenk, als mich die Krone trifft, kann sie jedoch nicht stoppen, bevor die Haut auf meiner Stirn aufplatzt.

Ihr Mund formt ein schockiertes ‚O', während sie das Blut betrachtet, das sie vergossen hat.

Widerwillige Bewunderung für ihren Mut breitet sich in mir aus. Ich mag eine Kämpferin. Das macht ihre letztendliche Niederlage umso süßer.

„Ah, da ist diese Rebellion, an die ich mich erinnere." Ich halte ihr Handgelenk fest, lege meinen freien Arm um ihre Taille und ziehe sie auf meinen Schoß. Es verunsichert mich kurz, wie befriedigend es ist, ihren weichen Hintern an meinem Schwanz zu spüren. Die schlanken Kurven ihrer Taille unter dem Seidenbrokat ihres Kleides zu fühlen. Ihren Honig- und Ingwerduft zu riechen.

„Dafür werde ich dich bestrafen. Lass die Waffe fallen, Darling."

Anstatt ihre Finger zu öffnen, misst sie ihre Kräfte mit mir und versucht, mir die verdammte Tiara ins Gesicht zu rammen.

„Dahlia." Ich hebe meine Stimme nicht, ich senke sie.

Sie atmet scharf ein, da sie vermutlich die Gefahr in meinem Ton hört.

„Dir beizubringen, mir zu gehorchen, wird mir ein Vergnügen sein, ich bezweifle allerdings, dass es dir gefallen wird."

* * *

Dahlia

Ich weiß nicht, wie ich in einen Sparringskampf mit diesem Mann geraten bin.

Mit *Antonio*. Der Kerl, der mir den aufregendsten Augenblick meines Lebens geschenkt hat. Derjenige, der jetzt anscheinend ein Verbrecher ist. Er gehört zweifellos zur Mafia.

Ich sollte vermutlich um mein Leben fürchten angesichts dessen, dass ich ihn gerade zum Bluten gebracht habe, doch das tue ich nicht.

Er hat etwas zu Vertrautes an sich, obgleich ich insgesamt nur zwei Stunden mit ihm zusammen war. Ich fühle mich sicher, obwohl er mich bedroht.

Vielleicht liegt das daran, dass er mich vorher auf seinen Schoß gezogen hat, als wollte er mich näher bei sich haben.

Womöglich liegt es aber auch an dem Schnurren in seiner Stimme, als er mir Rache verspricht. Dieser Ton weckt den Wunsch in mir, herauszufinden, was er mit mir zu tun gedenkt, wenn ich ungehorsam bin.

Seine Bad Boy Attraktivität ist noch intakt.

Ich habe jedoch genug Angst, um ihn nicht an seine Grenze zu bringen.

Ich lasse die Tiara los.

„Braves Mädchen." Er hebt meine geballte Hand an seine Lippen und beißt mir in den Fingerknöchel. Es ist kein richtiger Biss, jedoch mehr als ein Knabbern. Eine winzige Bestrafung. Oder vielleicht eine Warnung.

Die Empfindung, die die Worte *braves Mädchen* in mir auslösen, sollte mir nicht gefallen, genauso wenig wie das warme Beben in meiner Mitte. Plötzlich wird mir heiß und ich winde mich auf seinen harten Schenkeln. Dabei spüre ich seine Härte.

„Du tust mir weh", beschwere ich mich, weil seine Finger nach wie vor zu fest um mein Handgelenk liegen.

Er lässt es los und ich hebe meinen Daumen, um über den Blutfleck an seiner Schläfe zu wischen. Er beobachtet mich mit einem unerschütterlichen, goldenen Blick.

Ich erinnere mich daran, dass es dieser Blick war, der mich beim letzten Mal um den Verstand brachte.

Bei dem Mal, als er meine Hand ergriff und mich in eine Vorratskammer zog, um mich um den Verstand zu küssen. Um mit seinen großen Händen über meine nackten Schultern zu streicheln.

Doch was zwischen damals und heute geschehen ist, begreife ich nicht. Ich habe keinen blassen Schimmer, warum er hier ist. Warum er mein Ehemann ist. Was mit Jake Reese passiert ist.

Ich versuche, Licht auf die Ereignisse zu werfen. „Du hast mich geheiratet, um das Geschäft meines Vaters zu erhalten?"

Antonio schnaubt. „Nein, *Principessa*. Das hat mir dein Vater bereits überschrieben. Dich habe ich genommen, weil ich es konnte."

Ich starre ihn an. „Aber *warum?*" Irgendein dunkler, verzweifelter, bedürftiger Teil von mir will hören, dass es daran liegt, dass ich ihm etwas bedeute. So, wie er etwas Gewaltiges und Bedeutsames für mich war.

Das erscheint mir jedoch unwahrscheinlich. Was könnte ein behütetes, verwöhntes fünfzehnjähriges Mädchen einem offenkundig erfahrenen jungen Mann schon bedeuten? Einem Kerl, der eindeutig von der Straße kam und alle möglichen Dinge über Sünde und Lust wusste? Das war zumindest der Eindruck, den ich damals von ihm hatte.

Er hat sich allerdings verändert. Der Bad Boy ist ein Mann geworden und während er zuvor gefährlich wirkte, ist er jetzt geradezu tödlich.

Er packt meine Kehle mit einer Hand und dreht meinen Kopf in diese und jene Richtung, als würde er mich untersuchen. Als sei ich ein preisgekröntes Pferd, das er auf einer Auktion ersteigern möchte.

Mit dem Daumen gleitet er über meine Unterlippe. „Weil du der Grund bist, aus dem die ganze Sache begann,

Bella. Also bist du in gewisser Hinsicht diejenige, die mich zum Yachtkönig gemacht hat."

Der Mann spricht in Rätseln. Ich versuche, von seinem Schoß zu springen, doch er lässt es nicht zu.

Er hält meine Taille fest und greift nach oben, um mir die Nadeln aus den Haaren zu ziehen. „Für mich wirst du deine Haare offenlassen", befiehlt er.

Ich entscheide mich, den dämlichen Erlass zu ignorieren, und fahre mit den Fingern durch meine Haare. „Es wird nicht gut aussehen", informiere ich ihn. Nicht, weil ich glaube, dass es meine Aufgabe ist, so auszusehen, wie er es will. Es liegt eher daran, dass ich es hasse, wie steif und unnatürlich sich meine Haare momentan anfühlen. Ich hasse Hochsteckfrisuren. „Sie sind voller Haarspray."

„Lass mich mal ran." Antonio schiebt seine Finger ebenfalls in meine Haare, kämmt sie so und streicht sie auf eine Seite. Anschließend klemmt er mir eine Strähne hinters Ohr.

Die Geste hat eine falsche Zärtlichkeit an sich, wegen der ich erzittere. Es ist, als würde ich mir wünschen, es wäre echt. Und die Falschheit des Ganzen macht mir Angst.

„Du wirst dich jetzt für mich kleiden."

Dieses Mal kann ich mich nicht zurückhalten. „Fahr zur Hölle", gifte ich. „Ich weiß nicht, was los ist, aber ich werde nicht hierbleiben, um es herauszufinden."

Sein Gesicht nimmt stählerne Züge an. „Oh, das wirst du tun, Dahlia. Du bist jetzt meine Frau. Und das Leben deiner Eltern hängt von deiner Kooperation ab, *Bella.* Aber bitte, du kannst mich gerne auf die Probe stellen, wie ich bereits vorgeschlagen habe. Dich an die Kandare zu nehmen, wird mir ein Vergnügen sein."

Seine Worte sorgen dafür, dass ich hin und her rutsche und mich auf seinem Schoß winde. Ich sage mir, dass ich damit lediglich versuche, mich von ihm zu befreien. Es ist jedoch gut möglich, dass ich probiere, das Ziehen in meiner Mitte zu lindern, das seine Worte ausgelöst haben.

„Mir ist schlecht", beschwere ich mich. Wie meine Eltern behandelt mich Antonio wie ein unwissendes Kind. Also reagiere ich mit Aufmüpfigkeit.

Antonio hält mich weiterhin mit einem Arm fest und greift nach einer Sprudelflasche, die er öffnet und mir an die Lippen hält.

Ich versuche, sie ihm aus der Hand zu nehmen, doch er zieht sie außer Reichweite. Er führt sie erst wieder an meine Lippen, als ich meine Hände senke. Ich nehme das Wasser an, weil ich plötzlich schrecklich durstig bin.

Die Limousine hält an und Antonio wartet, bis uns ein Mann in einem Anzug die Hintertür öffnet. Er sieht aus, als würde er ebenfalls zur Mafia gehören.

Antonio hebt mich nach draußen und spricht auf Italienisch mit ihm. Der Mann antwortet ruhig, als Antonio den Wagen verlässt und meine Hand nimmt.

Ich bemühe mich, ihr Gespräch zu verstehen, kann jedoch kein Italienisch und das bisschen Latein, das ich auf der Privatschule gelernt habe, ist zu erbärmlich, um hilfreich zu sein. Die einzige Sprache, die ich tatsächlich gelernt habe, ist Französisch und das nur, weil mich meine Eltern auf die Sommerschule nach Paris geschickt haben.

„Komm, *Principessa*." Antonio zieht mich zu der Yacht, die ein protziges Hochzeitsgeschenk meines Vaters an mich und Jake sein sollte. Es sollte etwas sein, über das sämtliche Klatschblätter berichten würden.

Das gewaltige Schiff ist fünfundsiebzig Meter lang. Im Außenbercich gibt es einen Pool und einen Whirlpool. Außerdem besitzt das Schiff über ein atemberaubendes Atrium, das doppelt so hoch wie gewöhnlich ist, und vier

Decks. Ein Kino und schickes Esszimmer stehen zur Unterhaltung von Gästen zur Verfügung, die in einer der sechs Gästekabinen schlafen können. Die Kabine für die Schiffsbesitzer hat eine Gewölbedecke und ist so groß, dass sie einem King-Sized-Bett Platz bietet.

Mein Vater hat die Yacht *The Honeymoon* getauft. Er hat sie mir gezeigt, als sie fertig war, nicht weil sie wirklich ein Geschenk für mich ist, sondern damit ich mir all die Vorzüge und Einzelheiten einprägen konnte. Diese sollte ich zum Besten geben, wenn ich anderen die Yacht zeige und politische Treffen oder Partys veranstalte.

Ich kann mir nicht vorstellen, wie sehr er sich nun grämt, weil die Dinge derart aus dem Ruder gelaufen sind. Sein gesamtes Vermögen und seine kostbare Tochter – sein einziges Kind – sind von einem Mafiaboss beansprucht worden. Unser Ruf ist nun für immer beschmutzt.

Als mich Antonio zur Yacht führt, sträube ich mich. Irgendwie weiß ich, dass es kein Zurück mehr gibt, wenn ich die *Honeymoon* erst einmal betreten habe. Es ist, als wären die Versprechen nicht real, die ich in der Kirche gegeben habe, das hier wird es allerdings sein. Dies ist der Moment, in dem sich alles ändert.

Ich sehe mich wild um in der Hoffnung, jemanden zu entdecken, der für meinen Vater arbeitet. Oder einen Polizisten. Oder irgendjemanden, der mir helfen wird.

Antonio sagt nichts, im nächsten Moment liege ich jedoch über seiner Schulter und werde über die Gangway getragen.

„Hör auf!" Ich strample wie wild. „Setz mich ab! Ich gehe nicht mit dir mit."

Antonio ignoriert meine Proteste und transportiert mich in dieser entwürdigenden Position wie ein Sack Kartoffeln auf die Yacht.

Das ist der Augenblick, in dem ich realisiere, dass das Personal meines Vaters nicht auf dem Schiff ist. Sie wurden alle von der Mafia ersetzt. Von Männern, die bewaffnet und gefährlich wirken.

Zum ersten Mal packt mich echte Angst. Antonios Drohung, er würde meinen Eltern schaden, und ihre offenkundige Furcht dringen endlich zu mir durch. Ich weiß nicht, warum ich zuvor keine Angst hatte. Ich glaube, den Mann am Altar stehen zu sehen, der Teil so vieler meiner Fantasien war – ein Mann, den ich nie wieder zu sehen erwartet hatte –, dämpfte die Angst für mich.

Jetzt registriere ich sie allerdings in jeder Faser meines Körpers. Ich spüre sie sogar in meinen Knochen.

Dieser Mann ist gefährlich. Leute sterben durch seine Hand. Und momentan konzentriert er sich auf meine Familie und mich.

Ich ändere meinen Ton. „Bitte“, versuche ich es. „Es tut mir leid. Antonio, bitte setz mich ab.“

Er verpasst meinem Po einen Klaps. „Ja, bettle, Darling. Das sind Worte, die mir besonders gut gefallen, wenn sie von deinen Lippen kommen.“

Ich verkneife mir das bissige *Ich bin nicht dein Darling*, das raus will, und zwinge mich, das Strampeln einzustellen. „Bitte“, versuche ich es erneut.

Antonio trägt mich in das große Schlafzimmer und schließt die Tür. Die Yacht wurde von keiner geringeren als Caroline Ferdova eingerichtet und diese Kabine wurde mit einer silbernen und goldenen Kranichtapete tapeziert und mit einem dicken, weißen, flauschigen Teppich ausgestattet, dcr am Ende unserer ersten Reise bestimmt schmutzig sein wird.

Das Zimmer wurde für meine Flitterwochen

geschmückt. Rosenblütenblätter liegen auf der weißen Bettwäsche.

Champagnergläser stehen auf dem Nachttisch.

Antonio lässt mich auf die Bettmitte fallen. Ein Busen hüpft aus meinem trägerlosen Kleid und ich beeile mich, ihn zu verdecken.

Oh, Gott.

Plötzlich wird mir bewusst, was mir in der Limousine und in der Kirche nicht eingefallen ist.

Dieser Schwindel erfordert womöglich trotz allem den Vollzug der Ehe.

Meine Augen fliegen zu meinem Bräutigam und eine Schockwelle der Gewissheit rast durch mich. Seine Lider sind halb geschlossen und seine Zunge drückt sich gegen seine Wange, während er meinen Körper mit einem begierigen Blick verschlingt.

„Ich habe keinen Sex mit dir!", verkünde ich rasch, bevor wir weitergehen können.

Antonios Lippen zucken. Er zieht eine Braue hoch. „Dahlia. Den wirst du haben."

Ich krabble auf dem Bett rückwärts und zerre die lange Schleppe meines Kleides hoch, um unbeholfen auf die Knie zu gehen. „Das werde ich nicht tun. Du würdest nicht ... du wirst nicht ... das wäre eine Vergewaltigung!" Ich bin jetzt halb hysterisch.

Als sollte der Augenblick unterstrichen werden, setzt sich die Yacht in Bewegung und bringt mich von jeglicher Hoffnung auf Rettung fort.

Ehrlich gesagt hat mich die Vorstellung, die Ehe mit Jake zu vollziehen, viel mehr angewidert als die, es mit Antonio zu tun, aber ich werde nicht einfach so aufgeben. Ich werde mich nicht hinlegen und es ertragen. Ich ziehe eine Grenze, wenn ...

Ich erkenne, dass Antonio nicht mehr belustigt wirkt. Tatsächlich ist sein sexy Mund wütend zusammengepresst. „Ich werde dich nicht vergewaltigen." Er ist jetzt vollkommen reglos und ich finde das viel bedrohlicher als vorhin, als er auf mich zugekommen ist. „Du wirst dich mir freiwillig hingeben. Tatsächlich wirst du mich anflehen, dir Erleichterung zu verschaffen."

Bei seinem Selbstvertrauen entsteht Gänsehaut auf meinen Armen. Ich hasse mich, weil ich bereits wissen will, was genau er mit mir tun würde, um mich zum Betteln zu bringen.

„Du wirst diese Yacht nicht verlassen, bis die Ehe vollzogen wurde." Er geht zum Bett und streckt eine Hand aus. „Jetzt komm her, damit ich dich bestrafen kann."

Ich presse mich an die Wand und lache hysterisch. „Ich denke nicht."

„Ich werde die Bestrafung verdoppeln, wenn ich dich holen muss."

Kapitel Drei

*A*ntonio

Ich muss zugeben, dass meine Braut exquisit ist. Ihre dunklen Haare fallen um ihre Schultern und rahmen ihr blasses, herzförmiges Gesicht mit den intelligenten, blauen Augen. Ihre Perfektion verstärkt meine Begeisterung darüber, dass ich sie ihrem Auserkorenen weggenommen habe.

Ich muss mich an meinen Entschluss erinnern, grausam zu ihr zu sein. Er geriet in dem Moment ins Wanken, als ich sie berührte – das ist die Macht einer hübschen Frau.

So hat sie mich bei unserer ersten Begegnung in mein Verderben gelockt.

Das bedeutet nicht, dass ich es nicht außerordentlich genießen werde, sie an die Kandare zu nehmen.

Ich bleibe gelassen, schiebe eine Hand in die Tasche meiner Smoking-Hose und halte ihr die andere noch immer wie ein Gentleman entgegen.

„Letzte Chance, Dahlia. Komm her und hol dir deine Strafe ab. Andernfalls werde ich deiner Kleidung Einschränkungen auferlegen."

Diese Strafe habe ich mir gerade ausgedacht, doch jetzt, da sie mir eingefallen ist, hoffe ich, dass sie rebellieren wird.

Ihre blassen Wangen färben sich pfirsichrosa, sie rührt sich allerdings nicht.

Mein Schwanz drängt sich gegen den Reißverschluss der Hose. Ich bewege mich schnell und greife blitzartig über das Bett, um sie zu packen. Während ich sie zu mir ziehe, achte ich darauf, dass ich nicht zu fest an ihr reiße oder Blutergüsse hinterlasse.

Sie zappelt und wehrt sich, weshalb ich ihre Arme einfach mit meinen an ihren Seiten fixiere und ihr weiches Hinterteil an meinen Schoß presse.

Nach einem Augenblick gibt sie den Kampf auf und dreht sich, um mich zu betrachten.

„Muss ich dich für dein Spanking fesseln, *Principessa?*"

Sie schaut mich böse an.

Ich riskiere es, sie langsam loszulassen, und sie rührt sich nicht. Sachte drehe ich sie und drücke ihren Oberkörper auf das Bett. „Spreiz deine Beine, *Amore.*"

Sie gehorcht nicht – das habe ich auch nicht erwartet. Mir reicht es bereits, dass sie nicht versucht, mir die Augen auszukratzen.

Ich löse die Schleppe von ihrem Kleid und ziehe den Reißverschluss im Rücken ihres Kleides nach unten, bis das ganze Ding als weißer, bauschiger Haufen zu ihren Füßen liegt.

Sie trägt keinen BH. Daher steht sie nun in ihren High Heels, Strumpfbändern, weißen Seidenstrümpfen und einem weißen Spitzenhöschen vor mir, das geradezu darum bettelt, ausgezogen zu werden.

Ich lege eine Hand zwischen ihre Schulterblätter, drücke sie nach unten und verpasse ihrem Hintern einen Klaps – nicht zu hart, nicht zu weich.

Es reicht, um ihr ein Keuchen zu entlocken.

„Wenn ich dir einen Befehl gebe, *Principessa*, erwarte ich, dass du gehorchst." Ich schlage erneut auf ihren Hintern – dieses Mal auf die andere Seite.

Ich wiederhole das Vorgehen und versohle die Pobacken abwechselnd, bevor ich meine Daumen in den Bund ihres Höschens hake und es langsam zu ihren Oberschenkeln ziehe.

Sie biegt den Rücken durch und presst das Gesicht in die Bettwäsche.

„Braves Mädchen", lobe ich sie, weil sie das Ganze so gut hinnimmt.

Und weil es mir wahnsinnig viel Vergnügen bereitet, sie zu bestrafen.

So viel mehr, als ich mir vorgestellt habe.

Wann immer ich darüber nachdachte, Dahlia zu erobern, hatte ich nur Rache im Sinn. Dieses High Society Mädchen, das vor sieben Jahren viel zu gut für mich war, wird jetzt vollkommen unter meiner Fuchtel stehen. Ich habe vor, sie in Angst und Schrecken zu versetzen. Ich will sie einschüchtern. Ich will, dass es ihr leidtut, dass sie mir jemals begegnet ist.

Es war hauptsächlich als Bestrafung für ihren Vater gedacht, sollte jedoch auch dem verzogenen, kleinen, reichen Gör eine Lektion erteilen.

Jetzt, da ich sie in meinem Schlafzimmer habe und sie meine Frau ist, hat sich mein Verlangen, sie zu bestrafen, in etwas … Lustvolleres verwandelt. Etwas, was definitiv verdorbener ist.

Die beste Rache besteht darin, dieses perfekte High Society Mädchen komplett zu verderben. Sie mithilfe von Schmerz und Lust zu trainieren.

Ich streichle ihre nackte Haut, wobei ich die Hitze, die

ich bereits erzeugt habe, und meine roten Handabdrücke bemerke.

Sie dreht sich, um mich über ihre Schulter hinweg entsetzt anzusehen, da sie sich zweifellos Sorgen macht, dass ich sie entjungfern möchte. Ich beantworte ihren Blick mit einem scharfen Schlag.

Sie versteckt ihr Gesicht wieder.

Ich lasse mir Zeit, gehe langsam vor und genieße es, wie sich ihr Fleisch unter meiner Hand bewegt, sowie die Klatschgeräusche, die den Raum füllen. Ich verursache ihr keine echten Schmerzen. Es ist eher so, dass ich ihr meinen Willen aufzwinge.

Dahlia keucht und zappelt, weshalb mein Schwanz hart wird und meine Eier schwer vor Verlangen werden. Ich habe jedoch ernst gemeint, was ich gesagt habe – ich werde sie nicht zwingen. Das ist eine Grenze, die ich nicht übertreten werde.

Ich muss ihr bloß zeigen, was ihr bisher entgangen ist. Ich werde dafür sorgen, dass sie erregt ist und vor Begehren zittert, dann werde ich ihr die Befriedigung verwehren. Wenn ich das oft genug wiederhole, wird sie darum betteln.

Ich halte inne und schiebe zwei Finger zwischen ihre Beine. Sie ist nicht nur feucht. Sie ist *tropfnass*.

„Mmmh. Du bist bereits klatschnass, Dahlia. Gefällt dir dein Spanking?"

„Was? Nein!", giftet sie und überkreuzt die Beine.

Ich gluckse. „Versuchst du, das Verlangen zu lindern, das ich geweckt habe, *Bella*?"

Sie presst ihre Innenschenkel noch fester zusammen.

Ich gehe wieder dazu über, ihr den Hintern zu versohlen, und verstärke die Intensität, bis ihr ganzer Hintern in einem reizenden Rosaton leuchtet.

„Spreiz deine Schenkel", befehle ich.

Sie bewegt sich nicht.

Ich versetze ihr einige harte Hiebe – viel härter als zuvor – und sie kreischt. „Au! Autsch! Du tust mir weh."

„Aufmachen, Baby."

Sie öffnet ihre Beine und spreizt sie drei Zentimeter weit.

Ich lasse meine Finger durch ihre Säfte gleiten und belohne sie mit Wonne.

Dieses Mal hält sie still, als würde sie der Bewegung meiner Finger lauschen. Als wollte sie mehr.

Ich nehme mir Zeit und erkunde langsam ihre Falten. Ich umkreise ihren Kitzler und übe mehr Druck aus. Sie reibt sich an meiner Fingerspitze und ich frage mich, ob sie jemals einen Orgasmus hatte. Wie sehr sie ihre Jungfräulichkeit geschützt hat. Hat sie sich mit anderen Kerlen auf den Bällen vergnügt? Hat sie alles getan, außer sich entjungfern zu lassen?

Dieser Gedanke treibt mir einen Stachel der Besitzgier ins Fleisch. Mich packt das Verlangen, jeden Jungen zu ermorden, der sie jemals berührt hat.

Ich entferne meine Finger und verpasse ihr einige weitere strafende Schläge, obwohl sie nichts getan hat, um sie zu verdienen.

„Stopp!", heult sie.

„Du wirst alles hinnehmen, was ich austeile, *Principessa*. So wird das hier ablaufen."

Sie greift nach hinten und verdeckt ihren Po. Ich halte ihre Handgelenke mit einer Hand in ihrem Rücken fest und widme mich wieder der langsamen Erkundung ihrer Falten. Das Gewebe ist bereits geschwollen, prall vor Erregung und erblüht für mich.

Ich lausche ihren schneller werdenden Atemzügen und bringe in Erfahrung, was ihre Pussy dazu veranlasst, sich zu verkrampfen. Anschließend dringe ich mit einem Finger in ihren engen Eingang.

Sie ist definitiv Jungfrau.

Sie erstarrt, ihre Beine erzittern und ihr Bauch hebt und senkt sich mit ihrem Keuchen. Ich bin sanft und bewege den Finger langsam rein und raus. Ich lasse ihn zu ihrem Kitzler wandern, bevor ich wieder in sie dringe und den Lustkreislauf von vorne beginne.

Ein Lufthauch entweicht ihren Lippen. Dann ein Stöhnen.

Dennoch schenke ich ihr keine Befriedigung. Ich will, dass sie sich nach mir sehnt. Dass sie begierig ist.

Ich gebe ihr nur eine kleine Kostprobe der Lust, die ich ihr bereiten kann. Dann ziehe ich mich zurück. Ich setze mich neben sie aufs Bett und zerre sie auf meinen Schoß.

„Die Bestrafung ist vorbei. Das hast du gut gemacht." Ich küsse ihre nackte Schulter und sie erzittert.

„Warum tust du das?"

Ich streichle mit der Hand über ihre nackte Seite und genieße es, ihre weiche Haut zu spüren. „Weil ich es kann, *Principessa*." Mit einer Fingerspitze gleite ich über ihren Innenschenkel und sie presst die Beine fest zusammen. Ihre Pussy ist noch feucht und hinterlässt eine Spur auf meiner Anzughose.

Ihr Magen knurrt und sie legt eine Hand auf den Bauch, als wäre es ihr peinlich.

„Du hast Hunger." Ich hebe sie von meinem Schoß und gehe zur Tür, um draußen mit einem meiner Männer zu sprechen. Als ich mich umdrehe, ertappe ich Dahlia dabei, wie sie sich beeilt, in ihr Hochzeitskleid zu schlüpfen.

„Du wirst dich nicht anziehen." Ich lege eine gewisse Schärfe in meine Stimme, damit sie weiß, dass ich keine Widerworte dulde.

Sie strengt sich nur noch mehr an, sich in das Kleid zu zwängen und den Reißverschluss zu schließen.

„Dahlia.“

Sie erstarrt und begegnet meinem Blick. Ihre Lippen sind fest zusammengepresst und das Kinn in einem hochmütigen Winkel gereckt.

„Zwing mich nicht, mich zu wiederholen.“

Ihre Nasenflügel blähen sich und kurz bewegt sie sich nicht. Dann öffnet sie all ihre Finger gleichzeitig und erlaubt dem schweren Stoff, zu Boden zu fallen.

„Wie lange?“

Sie ist klug und stellt die richtigen Fragen. In ihr steckt definitiv eine freche Göre, sie weiß allerdings, wann sie sich auf die Zunge beißen oder den richtigen Augenblick abwarten muss. Man hat ihr zwar die Rolle der geistlosen High Society Barbie gegeben, ich vermute jedoch, dass sie die Lügen ihrer Existenz durchschaut. Sie versteht den größeren Zusammenhang – oder will zumindest über den Tellerrand hinausschauen.

„Bis du sie dir mit gutem Benehmen zurückverdienst.“

Sie stemmt die Hände in die Hüften. Ich mag es, wie sie dort steht, nackt bis auf ihre Strumpfbänder, Strümpfe und High Heels. Sie schaut mir in die Augen. Ich habe ihr ihre Kleidung genommen, trotzdem greift sie nicht nach Feigenblättern, um sich zu bedecken. Ihr Stolz ist noch intakt. Ihr weiblicher Wille ist flexibel, aber nicht schwach – sie wählt ihre Schlachten einfach sorgfältig aus. Sie ist noch immer das freche Mädchen, das mich bei ihrem Debütantenball angesprochen hat.

Ihre Augen werden schmal. „Ich werde keinen Sex mit dir haben.“

„Das hast du bereits gesagt. Allerdings wirst du mir gehorchen. Ich weiß, du wurdest dazu erzogen, ein braves kleines Frauchen zu sein. Zeig mir, dass du das für mich sein wirst, dann kommen wir prima zurecht."

Ihre Augen sprühen Funken. „Ich wurde dazu erzogen, die Ehefrau eines *Präsidenten* zu werden", spuckt sie aus. „Nicht die eines Verbrechers."

Da ist er. Der Spott, den ich von ihr erwartet habe. Die Überzeugung, dass ich nicht gut genug für sie bin und ihren Stammbaum ruinieren werde.

Nun, gut. Das war meine Absicht.

Ich ziehe eine Braue hoch. „Ich scheine mich daran zu erinnern, dass du bei unserer ersten Begegnung ziemlich gierig auf eine Kostprobe des *Verbrechers* warst."

Sie errötet.

„Jetzt hast du mich." Ich spreize die Arme, lächle allerdings nicht. „Und glaub mir, Dahlia, du bekommst, was du verdienst."

Sie erstarrt und ihre Lippen teilen sich, als sie die Bedeutung meiner Worte zu verstehen versucht.

Wie ich vermutet habe, ist sie keine Idiotin.

Sie kommt schnell zu mir. „*Wieso* verdiene ich das hier? Was habe ich getan?"

Ich lasse zu, dass sie mich forschend betrachtet, ehe ich nicke. „Das ist das Rätsel, das du lösen musst, nicht wahr?"

* * *

Dahlia

Man hat mir beigebracht, wie man sich hübsch macht, was perfekte Manieren sind und wie ich ein Gespräch mit jedem führen kann, der meiner Aufmerksamkeit würdig ist. Ich habe auch einen College-Abschluss von der Smith, allerdings in Musikwissenschaften. Nichts hat mich auf eine Situation wie diese vorbereitet. Wie vor sieben Jahren ist offenkundig, dass Antonio eine Nummer zu groß für mich ist.

Es klopft an der Tür und Antonio deutet auf mich. „Schlüpf unter die Bettdecke, Dahlia." In seinem Tonfall liegt eine Schärfe, als wäre die Tatsache, dass mich sein Personal nackt sehen könnte, mit einem Verbrechen vergleichbar.

Interessant. Er will, dass ich nackt bin, aber nur für seine Augen.

Das merke ich mir. Wenn ich mich aus dieser Situation manövrieren will, brauche ich so viele Informationen, wie ich kriegen kann, einschließlich aller Macken und Schwächen des Mannes.

Ich zeige den Gehorsam, den er verlangt hat, indem ich meine Schuhe beiseitetrete, ins Bett steige und die Decke über meine Brüste ziehe. Mein Körper brennt noch von seiner Strafe. Die Schläge waren nicht besonders hart – ich glaube, er wollte mir nicht richtig wehtun, es diente eher dazu, mich zu dominieren und zu demütigen.

Mein Hintern kribbelt allerdings und ist warm. Außerdem pulsiert es heiß zwischen meinen Beinen, weshalb es mir beinahe leidtut, dass ich verkündet habe, ich würde keinen Sex mit meinem Bräutigam haben.

Zwei Männer kommen herein – die beide eindeutig zur Mafia gehören – und tragen einen eingedeckten Tisch in den Raum. Sie lüften die Hauben und enthüllen zwei Teller mit einem lecker aussehenden Gericht. Bei dem köstlichen Geruch knurrt mein Magen.

Ein dritter Mann – auch einer von Antonios Männern – kommt mit einer Champagnerflasche in einem Eiskübel herein.

Er spricht auf Italienisch mit Antonio und als mein

neuer Ehemann nickt, entkorkt er den Champagner und gießt ihn in zwei hohe Champagnergläser.

Nachdem das Personal – oder die Verbrecher oder was immer sie sind – die Kabine verlassen hat, zieht Antonio einen der Stühle für mich raus und hebt erwartungsvoll die Augenbrauen.

Ich klettere pflichtbewusst aus dem Bett und gehe zu dem angebotenen Stuhl. Als ich näher komme, beschleunigt sich mein Atem und ein Kribbeln rast über meine Haut. Seine Augen verdunkeln sich, als er den Kurven meiner nackten Brüste mit den Blicken folgt. Ich recke das Kinn und weigere mich, wegen seines forschenden Blicks zu erröten oder zu zittern.

Okay, na schön, ich zittere womöglich ein wenig, weigere mich jedoch, ihn das sehen zu lassen.

Seine Mundwinkel biegen sich nach oben.

Ich halte den Kopf hoch erhoben, als ich mich auf den angebotenen Platz setze, und er schiebt den Stuhl vor wie der perfekte Gentleman.

Ich tue so, als wäre es normal für mich, ohne Kleidung zu essen. Ich breite eine Serviette über meinem nackten Schoß aus und warte darauf, dass mein frischgebackener Ehemann sich auf seinem Stuhl niederlässt.

Er nimmt eines der Champagnergläser. Entschlossen, sein Spiel zu spielen, bis ich genug gelernt habe, um dieser Situation zu entfliehen, nehme ich meines in die Hand.

„Auf Rache", sagt er.

Rache. Ich schätze, ich hätte darauf kommen sollen, dass dies sein Spiel ist. Da mir jedoch kein Grund einfällt, aus dem Antonio das Bedürfnis verspüren könnte, sich an mir oder meinem Vater zu rächen, ergibt das Ganze noch keinen Sinn für mich.

Ich zögere und hebe mein Glas nicht. „Rache wofür?",

erkundige ich mich, obwohl ich weiß, dass er nicht antworten wird.

Ich beobachte sein Gesicht, als ich die Frage stelle. Anstelle eines zufriedenen Funkelns sehe ich steinerne Härte. Er stellt das Champagnerglas ab, ohne daraus zu trinken. Es ist, als wäre der Grund für seine Rache real. Er wurde verletzt.

Von meinem Vater? Es fiel mir schwer, das zu glauben. Was hätte er mit einem Mann wie Antonio getan?

Oh.

„Er hat dir etwas angetan." Mir stockt der Atem und mein Mund wird trocken. „Mein Vater? Er hat dir auf meinem Debütantenball etwas angetan. Was war es?"

Antonios Gesicht bleibt wie Granit. Er bewegt sich nicht und spricht nicht.

Dann legt er plötzlich seine Smoking-Jacke ab und entfernt seine Manschettenknöpfe. Langsam und methodisch rollt er einen Ärmel hoch, um einen muskulösen Unterarm zu enthüllen. Auf der Mitte seines Armes prangt ein Tattoo mit drei Würfeln.

Er deutet darauf, als würde es etwas bedeuten. Ich habe keine Ahnung, was es bedeuten könnte.

„Das ist ein Gefängnis-Tattoo."

Ich warte, weil ich es noch immer nicht verstehe.

„Weißt du, wie ich im Gefängnis gelandet bin?"

Oh Gott. Mir wird schlagartig schlecht. Das Essen, das so gut gerochen hat, dreht mir jetzt den Magen um.

Ich blinzle Tränen zurück. „Doch nicht", würge ich hervor, „nicht wegen mir?"

Antonio nickt ein einziges Mal und sein whiskyfarbener Blick heftet sich auf mich.

„Aber ... wie? Du hast nichts Falsches gemacht. Hat er

behauptet, dass du ... mich vergewaltigt hast?" Meine Stimme klingt heiser und kratzig.

Antonio schnaubt humorlos. „Nein. Das hätte deinen perfekten Ruf ruiniert, Dahlia. Und dann hätte dich dein Bürgermeister nicht genommen. Nein, er hat eine Geschichte darüber erfunden, dass ich ihn bestohlen habe. Außerdem hat er drei Zeugen bezahlt, damit sie das bestätigen. Das geschah, nachdem mir seine Security-Typen vier Rippen, meine Nase, einen Wangenknochen und drei Zähne gebrochen hatten."

Tränen laufen mir übers Gesicht. Das kann nicht sein. Nein.

Obwohl ich meinen Vater noch nie gewalttätig erlebt habe, weiß ich irgendwie, dass es stimmt. Er ist ein gnadenloser Geschäftsmann. Er greift seine Feinde an und vernichtet sie. Ich hätte nur nie gedacht, dass er dazu die Grenzen der Gesetze und Moral ignorieren würde.

„Antonio", würge ich hervor. „Ich hatte keine Ahnung, ich schwöre es. Es tut mir so leid."

„Ich glaube dir." Er mustert mich kühl. „Und danke. Aber ehrlich gesagt, nimmt es mir einen Teil meiner Befriedigung, dass es dir leidtut. Also sei wieder eine versnobte Debütantin, dann kann ich dich erneut quälen."

Ich brauche einen Augenblick, um mich von dem Schock über seine Aussage zu erholen.

„Wie lange?"

„Hmm?"

„Wie lange beabsichtigst du, mich zu quälen? Wann wirst du zufrieden sein? Ist es nicht genug, dass du dir *King Yachts* unter den Nagel gerissen und meinen Vater vor der gesamten High Society New Yorks blamiert hast?

Hast du vor, mich für immer zu behalten? Ich meine, wie soll das Ganze deiner Meinung nach ablaufen? Werde ich deine Babys bekommen? Eine brave kleine Mafia-Ehefrau sein? Willst du wirklich eine lieblose Ehe?"

„Ach ja", brummt Antonio. „Willst du mir etwa sagen, dass du deinen hochgeschätzten Bürgermeister liebst?"

Mein Gesicht wird heiß, nicht so sehr vor Scham, sondern wegen der größten Demütigung meines gesamten Lebens. Wegen der Tatsache, dass es mir nie erlaubt war, mich für die Liebe zu entscheiden.

„Nein, aber ich hatte keine andere Wahl! Du hast sie. Warum hast du dir freiwillig das hier ausgesucht? Glaubst du nicht an die Liebe?"

Antonios Oberlippe krümmt sich, er sagt jedoch: „Klar. Ich glaube an Liebe. Ich tue das hier für die Liebe."

Die Eifersucht, die seine Worte in mir auslösen, und die Galle, die mir in die Kehle schießt, schockieren mich. Gibt es eine andere? Eine Freundin, die er verlassen musste, als er ins Gefängnis ging? „Liebe für wen?", blaffe ich.

Antonio neigt den Kopf leicht nach hinten und blickt von oben auf mich herab. „Meine Mutter."

Ich blinzle. „Was?"

Er nimmt eine Gabel in die Hand und deutet damit auf meinen Teller. „Iss, Dahlia."

Mein Magen besteht darauf, dass ich ihm trotz meines emotionalen Aufruhrs gehorche. Ich nehme meine Gabel und tauche sie in einen fluffigen Berg Kartoffelbrei, der mit einer Cabernet-Soße beträufelt ist. Antonio schneidet ein Stück von seinem Steak ab und steckt es sich in den Mund.

Wir essen einige Augenblicke lang schweigend und ich glaube schon, dass er seine Antwort nicht ausführen wird, doch nach seinem nächsten Bissen sagt er: „Meine Mutter hat sich immer gewünscht, dass ich ein legales Leben führe." Er trinkt einen Schluck Champagner.

Ich nehme mein Glas und leere es zur Hälfte.

„Ich wurde in die Beretta-Familie hineingeboren. Mein Vater starb für *La Famiglia*, als ich vier Jahre alt war. Meine Mutter wünschte sich etwas anderes für mich.

Sie kämpfte darum, mich von alldem fernzuhalten. Deswegen arbeitete ich am Abend deines Debütantenballs für eine Catering-Firma. Zusammen mit meinen Cousins hätte ich viel Geld auf der falschen Seite des Gesetzes verdienen können, doch ich weigerte mich. Ich entschied mich für den legalen Weg. Und dann küsste ich das falsche Mädchen."

Meine Brust schnürt sich zu. „Es tut mir leid."

„Du warst eine zu große Versuchung für mich, schätze ich."

Meine Reaktion auf seine Worte ärgert mich – Freude und Hitze breiten sich von meiner Brust ausgehend bis in meine Mitte aus.

Sein Blick wird ebenfalls heißer. „Und jetzt bist du mein. War ich der Erste, der dir die Zunge in den Mund geschoben hat, Dahlia?"

Jetzt breitet sich die Hitze in meinem Oberkörper und Hals aus. Zum Teufel mit diesem Mann, weil er so eine Wirkung auf mich hat!

„Hmm? War ich es?"

„Nein. Aber ..." Ich unterbreche mich, bevor ich zu viel verrate. *Aber es war das erste Mal, dass es mir gefallen hat. Es war das erste Mal, dass ich mehr wollte.*

„Aber was?"

Ich schüttle den Kopf. „Nichts."

Er zieht eine Braue hoch und wartet, doch ich werde ihm auf keinen Fall die Befriedigung verschaffen, zu wissen, wie sehr sein Kuss mein Leben verändert hat. Die selbstbewusste Art, wie er meinen Kiefer mit einer Hand nahm und seine Zunge in meinen Mund tauchte. Seine andere Hand, die meinen Hintern drückte und knetete.

Mein Körper hatte sich fest an seinen muskulösen gepresst. Wären wir nicht erwischt worden, hätte ich ihm in jener Nacht möglicherweise alles gegeben, wenn er darum gebeten hätte.

Ich hatte mich für ein kluges Mädchen gehalten, doch Antonio hatte mein Gehirn mit einem Kuss in Brei verwandelt.

„Werde ich der Erste sein, der seine Zunge zwischen deine Beine schiebt, Dahlia?"

Kapitel Vier

*A*ntonio

Dahlia presst ihre Beine zusammen und ihre Pupillen weiten sich. „Sei nicht so vulgär." Sie konzentriert sich auf ihr Steak, schneidet es energisch in Stücke und spießt eines mit der Gabel auf.

Ich erkenne an ihrem Erröten, dass ich mir auch dieses erste Mal von ihr nehmen werde.

Gut. Obwohl sie vier Jahre auf ein College gegangen ist – ein *Frauen*college, fuck sei Dank – ist sie noch immer die süße Jungfrau, als die sie ihre Familie dargestellt hat.

Ich lehne mich zurück und genieße ihre Reaktion auf meine Worte.

Ihre Nippel haben sich aufgerichtet und ihre Wangen gerötet. Sie will meinen Kopf zwischen ihren cremeweißen Schenkeln haben.

Und jetzt, da ich es erwähnt habe, wird sie vermutlich nicht aufhören, darüber nachzudenken.

„Ich bin nicht vulgär, Darling. Ich erzähle dir nur, wie ich meine Liebe in unserem Ehebett ausdrücken werde." Ich nehme lässig einen Schluck von meinem Champagner.

Dahlia leert ihr Glas und greift nach der Flasche, die in dem Eiskübel ruht. Sie gießt sich noch ein großzügiges Glas ein und trinkt vier weitere Schlucke.

„Ich kann dafür sorgen, dass du zitterst und darum bettelst."

Sie stößt ein leises *Puh* aus.

„Das kann ich. Ich muss bloß deine Knie weit auseinanderdrücken und deine Schamlippen mit meinen Daumen spreizen, um diese hübsche rosafarbene Mitte für meine Zunge zu entblößen."

Ihre Wangen nehmen einen noch dunkleren Rosaton an und ihr Blick huscht dreimal von ihrem Teller zu meinem.

„Ich werde mit der Zunge um deine inneren Lippen wirbeln. Dein Lustzentrum streicheln. Vielleicht werde ich auch meine Finger benutzen und dabei dein Poloch massieren."

„Stopp!" Ihre Finger zittern, als sie den nächsten Bissen an ihren Mund führt. Ich vermute, dass bisher noch niemand mit Dahlia über Lust gesprochen hat. Vielleicht dachte sie, dass Sex etwas sei, was sich ein Mann nimmt. Etwas, was sie tun muss, aber nicht genießen wird. Vielleicht hat sie keine Ahnung, welch wundervolle Empfindungen ich ihr bereiten kann – und werde.

„Jetzt versuchst du nur, mich zu einer Reaktion zu provozieren."

„Ich versuche es nicht." Ich feixe. „Es *gelingt* mir. Doch all das ist wahr, *Amore*. Ich weiß, wie man eine Frau befriedigt. Wie ich meine Zunge auf Arten einsetzen kann, die dich dazu bringen, nach mehr zu schreien."

Ihre Nasenflügel blähen sich. „Ich will nichts über deine Abenteuer mit anderen Frauen hören."

Ihr Ton ist gefärbt von Eifersucht, was ich zutiefst befriedigend finde.

Ich bin definitiv ein eifersüchtiger Mann. Dahlia hat mir bisher zwar weder ihr Herz noch ihren Körper geschenkt, gehört jedoch zu mir. Das besitzergreifende Gefühl, das mich im Griff hat, reicht tief.

„Nein? Ich dachte, dass du mich vielleicht dazu ermutigen würdest, mich außerhalb des Ehebettes zu vergnügen. Oder wirst du die Wonne annehmen, die ich dir bereiten kann?"

Ihr Kiefer schiebt sich vor Wut vor und sie legt ihre Gabel ab. „*Nein.*"

„Nein zu was?"

„Beidem."

Sie antwortet sofort, was eine weitere Woge der Zufriedenheit durch meine Brust sendet.

„Du willst, dass ich treu bleibe?"

Sie verengt die Augen zu einem mörderischen Blick.

Ich will sie dazu bringen, meinen Forderungen Folge zu leisten, vermute allerdings, dass sie noch nicht genügend in Versuchung ist.

„Du wirst diese Yacht nicht verlassen, bis du deine hübschen Beine für mich gespreizt hast. Ich verstehe jedoch, dass du noch wütend bist. Ich werde dir eine Woche Zeit geben, *Principessa.* Eine Woche, um dich an deinen neuen Ehemann zu gewöhnen. Wenn du mich danach noch immer warten lässt, werde ich meine Aufmerksamkeit einer anderen Frau schenken."

Dahlia sieht aus, als sei sie bereit, mir ihr Essen ins Gesicht zu werfen. „Und wenn ... wenn ich dir erlaubt *habe* ..."

Ich genieße es, zu beobachten, wie Dahlia darum kämpft, die richtigen Worte zu finden, lasse sie allerdings vom Haken. „Wenn ich eine legitime Ehefrau habe, werde ich ihr treu sein.“

Ich schwöre bei Gott, ich sehe, wie Dahlias Hals länger und ihr Rücken gerader wird wie eine Blume, die gerade das Licht gefunden hat.

„Du wärst ein treuer Ehemann.“ Ich höre Ungläubigkeit aus der Aussage heraus.

Ich nicke. „Ich habe gerade eine wunderschöne Frau geheiratet. Warum sollte ich fremdgehen?“

Ich weiß, dass ihr meine Worte gefallen, denn sie errötet, als sie ihre Gabel wieder in die Hand nimmt und weiterisst.

„Ich beabsichtige, meiner Frau alle möglichen Arten der Lust beizubringen“, informiere ich sie beiläufig, als sei Sex kein Tabuthema am Esstisch. „Ich werde herausfinden, was sie dazu veranlasst, sich zu winden.“

Dahlia windet sich.

„Was sie zum Schreien bringt.“

Ihre Schenkel pressen sich zusammen.

„Ich werde in Erfahrung bringen, was sie erregt, und sicherstellen, dass sie jeden Tag eine Dosis davon erhält.“

Sie trinkt den Rest ihres Champagners. „Das ist, ähm … das ist sehr kühn von dir.“

„Es ist nicht kühn, wenn ein Mann seine Frau befriedigen will. Ich werde für dich sorgen, Dahlia. Ich werde dir den gleichen Lebensstandard bieten, an den du dich gewöhnt hast. Ich werde dir im Bett geben, was du brauchst, und dir treu sein.“

Für den Moment sage ich nichts zu meiner eigenen Befriedigung. Wenn sie sich mir hingegeben hat, werde ich meine Forderungen stellen. Bis dahin muss ich vorsichtiger mit ihr umgehen.

„Natürlich erwarte ich im Gegenzug den gleichen

Respekt von dir. Wenn du einen anderen Mann anfasst, stirbt er. Denk daran, bevor du einen Mann zum Tod verurteilst."

* * *

Dahlia

Antonio schenkt mir ein beunruhigendes Lächeln und bei seiner Drohung rieselt mir ein Schauder über den Rücken.

Ich glaube ihm. Ich glaube, dass dieser Mann ein Killer ist. Ich erschaudere bei dem Gedanken an die Verbrechen, die er begangen hat. Die Dunkelheit, die ihn umringt.

Und er will, dass mein Name für den Rest unseres Lebens mit seinem in Verbindung steht.

Nein, danke.

Auf keinen Fall.

Ich muss einen Ausweg aus dieser Situation finden.

Ich werfe meine Serviette auf den Teller und erhebe mich. Mein dramatischer Abgang verliert einen Großteil seiner Wirkung, weil ich nackt bin und daher nirgendwo hingehen kann.

Mein Koffer sollte allerdings gestern auf die Yacht gebracht worden sein in Vorbereitung auf unsere Flitterwochen. Ich ziehe eine der Schubladen auf, woraufhin ich meine ordentlich gefalteten Kleider entdecke und ein Höschen herausnehme.

Antonio schnalzt mit der Zunge. „Wir müssen an deinem Gehorsam arbeiten, *Principessa*. Ich habe gesagt, dass du kein Höschen tragen darfst."

Momentan bin ich zu eingeschüchtert von ihm, um mich zu wehren, weshalb ich das Höschen stattdessen wie ein verzogenes Kind auf den Boden schleudere und ins Bad marschiere.

Ich könnte ohnehin eine Dusche gebrauchen.

Ich muss mir diesen Tag abwaschen. Meine Fassung wiedererlangen. Mir meinen nächsten Zug überlegen.

Ich drücke die Tür zu, schließe sie ab und nehme die längste Dusche der Welt. Als ich fertig bin, gönne ich mir eine weitere halbe Stunde, um meine Haare zu bürsten, mich einzucremen und Zeit zu schinden.

Ich rechne halb damit, dass Antonio verlangen wird, dass ich rauskomme oder ihn reinlasse, doch er lässt mich in Ruhe.

Als ich schließlich die Nase von dem kleinen Quartier voll habe, erscheine ich in ein Handtuch gewickelt, das ich mir unter die Achseln geklemmt habe.

Der Esstisch und Champagnerkübel wurden weggebracht.

Antonio liegt auf dem Bett, hat seine Knöchel verschränkt und liest eine Zeitung. Er trägt noch immer seine Smokinghose, hat jedoch die Krawatte abgenommen und sein weißes Hemd am Kragen aufgeknöpft. Ich hasse es, wie umwerfend er aussieht.

Dieser Mann ist ein Verbrecher, der im Gefängnis saß, und sieht dennoch wie ein Aristokrat aus. Ich hasse es, das zuzugeben, doch er ist eine viel bessere Verkörperung eines ‚Yachtkönigs‘ als mein Vater. Ich vermute, dass er das Geschäft gnadenlos führen wird. Wahrscheinlich wird er uns wieder in die schwarzen Zahlen bringen.

Uns. Ich weiß nicht, warum ich *uns* sage.

Es ist nicht mehr das Geschäft meiner Familie und ich werde nicht bei Antonio bleiben, um es durch ihn zu meinem zu machen.

„Schläfst du hier?“, frage ich zweifelnd. Ich meine, es ist

offensichtlich. Er ist mein Ehemann. Wir teilen uns ein Bett. Er will die Ehe vollziehen.

Es ist nur so, dass ich nicht bedacht hatte, wie es sich anfühlen würde, mich *nackt* zu diesem extrem gut aussehenden, muskulösen und nun, *männlichen* Mann ins Bett zu legen.

Nicht, dass ich versucht bin, die Ehe zu vollziehen.

Das bin ich nicht.

Es ist nur ... unangenehm, gelinde gesagt.

Antonio platziert seine Füße nebeneinander und legt die Zeitung auf den Nachttisch. Er steht vom Bett auf und schlägt die Decke zurück. „Bist du bereit fürs Bett, Darling?"

„Nenn mich nicht so", gifte ich und gehe keinen Schritt näher an das Bett heran.

„Was, *Darling*? Warum nicht?"

„Weil du es nicht ernst meinst."

„Nein, ich schätze, das tue ich nicht", gesteht er. „Ich necke dich." In seinem Blick liegt eine Herausforderung.

Ich stelle mich dieser. Ich weiß nicht, was mich an diesem Mann so forsch werden lässt.

Ich war forsch an jenem Abend meines Debütantenballs, als ich darum bat, einen Zug von seiner Zigarette zu nehmen.

Ich war forsch, als ich seine Hand nahm und mich von ihm in diese Vorratskammer ziehen ließ für den sündigsten Kuss meines Lebens.

Jetzt schwillt eine weitere Woge der Rebellion in mir an und ich lasse mein Handtuch fallen. „Und ich necke dich."

Die Aktion hat den gewünschten Effekt.

Antonios Blick zuckt zu meinen Brüsten und wandert tiefer zu den flaumigen Haaren zwischen meinen Beinen. Sein Kiefer verkrampft sich und seine Nasenflügel blähen sich. „Das ist ein gefährliches Spiel, Dahlia." Seine Stimme ist sanft. So sanft, dass mich bei der implizierten Drohung ein Schauder erfasst.

Mir kommt der Gedanke, dass ich den Mund zu voll genommen habe. Dennoch lasse ich mich nicht unterkriegen, straffe die Schultern und präsentiere ihm meine Brüste. „Du hast gesagt, dass du mich nicht vergewaltigen wirst."

Er stolziert um das Bett herum zu mir.

Ich muss sämtlichen Mut aufbringen, um standhaft zu bleiben. Um nicht zum Bad zu stürzen und die Tür erneut zu verriegeln.

Er kommt näher und mit jedem Schritt beschleunigt sich mein Herzschlag. Meine Hände hängen feucht an meinen Seiten. Speichel flutet plötzlich meinen Mund, als sei Antonio etwas Leckeres zum Essen.

„Auf mich macht es den Eindruck", grollt er mit einem tiefen Schnurren, „dass du darum bettelst, berührt zu werden."

Er bleibt vor mir stehen und streicht mit der Rückseite seiner Fingerknöchel über die Spitzen meiner harten Nippel.

Ich kann die Lust nicht unterdrücken, die mich durchfährt. Das äußerliche Erzittern verrät mich.

„Willst du, dass ich dich berühre, Dahlia?" Er zwickt meinen Nippel leicht zwischen zwei Fingerknöcheln und zupft an ihm. „Möchtest du, dass ich dir die Art von Lust zeige, die ich dir beim Abendessen beschrieben habe?"

Der Atem entweicht mir als winziges Keuchen.

„N-nein." Ich bin nicht besonders überzeugend. Die Wahrheit ist, dass ich jetzt, da er vor mir steht – über ein Meter achtzig prächtiger Muskeln und Mann – *will*, dass er mich berührt.

Ich will herausfinden, was *genau* er damit meinte, dass er mich mit seiner Zunge verwöhnen würde.

Ich bin nicht vollkommen unwissend oder unschuldig. Ich weiß, wie ich meine Finger benutzen muss, um mir Wonne zu verschaffen. Nachts habe ich ein Kissen zwischen meinen Beinen benutzt.

Jedes einzelne Mal habe ich dabei von dem Mann vor mir fantasiert.

Und jetzt finde ich heraus, dass er all die sexuellen Geheimnisse kennt, die ich mir ausgemalt habe. Dass ich ihn in meinen Gedanken womöglich nicht zu etwas gemacht habe, was er gar nicht ist. Das ist einfach zu viel.

Eine von Antonios großen Händen legt sich auf meine Hüfte. Ihre Wärme auf meiner Haut zu spüren, löst eine Welle der Hitze in meiner Mitte aus. Er fährt damit fort, meinen Nippel zu necken. Dieser beginnt, zu brennen und zu kribbeln, und weckt den Wunsch nach mehr in mir.

Zwischen meinen Beinen setzt ein antwortendes Pulsieren ein. Heißes, zartes Begehren, das nicht gelindert werden kann, indem ich meine Schenkel zusammenpresse. Mit den Fingern fährt er leicht über meine Hüfte und über die Seite meines Schenkels.

Ich versuche, das Zittern zu unterdrücken, das in meinen Beinen einsetzt.

Seine Fingerspitzen gleiten zu meinen Pobacken. „Denkst du, dein geliebter Bürgermeister könnte diese Gefühle in dir wecken, Dahlia?"

„Er ist nicht mein geliebter Bürgermeister", würge ich hervor. Ich weiß allerdings nicht, warum ich Antonio diese Befriedigung gebe.

Antonio nimmt seine Finger von meinen Nippeln, um meinen Hals federleicht nachzufahren, bis sein Zeigefinger an meinem Kinn ruht. Sachte drückt er es nach oben, bis ich ihm in die Augen schaue. „Nein?"

Ich ertappe mich dabei, wie ich den Kopf schüttle. „Es war eine arrangierte Ehe."

„Wie unsere", sagt er, als würde ihn das zufriedenstellen.

„Das hier ist keine arrangierte Ehe. Du hast mich meinem Bräutigam gestohlen!"

Sowie ich die Worte ausspreche, wünsche ich mir, ich hätte es nicht getan, denn Antonios Gesicht verdunkelt sich und er tritt einen Schritt zurück. Sofort bemerke ich den Verlust seiner Berührung und sehne mich nach seiner Aufmerksamkeit.

„Ah, ja. Ein Bräutigam, der der Yachtprinzessin viel würdiger war. Ein Jammer. Du bist dazu verflucht, den Rest deiner Tage mit einem Arbeiter-Rohling ein primitives Leben zu führen, *Principessa.*"

Mein Magen verknotet sich, als ich realisiere, dass die Bitterkeit in Antonios Stimme von der Erniedrigung und der Behandlung herrührt, die er durch die Hände meines Vaters und unseres Strafsystems erfahren hat.

Ich bin mir sicher, der Richter hat einen Blick auf den Arbeitersohn italienischer Migranten geworfen und angenommen, er hätte alles getan, dessen ihn mein Vater beschuldigt hatte.

„Ich glaube nicht, dass du ein Dieb bist, Antonio." Ich spreche mit sanfter, versöhnlicher Stimme.

Antonios Augen werden schmal. Er hält meinen Kiefer im Obergriff fest. „Das solltest du tun." Er bringt sein Gesicht näher an meines. So nahe, dass ich die Hitze seines Atems über meine Lippen wehen fühle. „Glaub es, Dahlia. Wisse, dass ich den Rest deines Lebens von dir stehlen werde."

Kapitel Fünf

Antonio

„*Buongiorno*", murmelt Angelo ein Mann von meinem Personal und eilt an meine Seite, als ich die Auge leicht öffne und von Sonnenlicht geblendet werde.

Fuck. Bin ich letzte Nacht auf dem Außendeck eingeschlafen?

Ich liege ausgestreckt auf einer Chaiselongue und mein weißes Hemd ist bis zur Brust aufgeknöpft.

Angelo hält ein Tablet mit verschiedenen Fruchtsäften in der Hand – Orange, Grapefruit, Tomate. Oder ist das eine Bloody Mary? Mein Magen dreht sich um. Ich greife nach dem Orangensaft.

„Schinken-Käse-Omelett mit Sauerteigtoast", bestelle ich. Ich weiß nicht einmal, welches Essen es auf diesem Schiff gibt, nehme jedoch an, dass sie diese Bestellung erfüllen können.

„*Si, Signore.*"

„Mach auch eines für meine Braut."

„Sie hat bereits gegessen, Sir."

Aus irgendeinem Grund ärgert mich diese Antwort. Ob es daran liegt, dass meine Frau ohne mich gegessen hat, oder daran, dass ich jetzt eine Frau habe, weiß ich nicht.

Würde es mir nicht mehr um Rache gehen, würde ich Dahlia schnell loswerden. Ich würde sie zu meinem Haus in den Hamptons bringen und das Loft in der Billionaires' Row beziehen. Ich könnte sie einige Male im Monat besuchen, um sie zu schwängern. Wenn sie erst einmal schwanger ist, kann sie dauerhaft weggesperrt werden. Sie müsste mich nur einmal alle paar Monate zu gesellschaftlichen Ereignissen begleiten.

Dann hätte ich nicht dieses Bedürfnis, von ihr zu stehlen. Zu nehmen und zu nehmen, bis nichts mehr von ihr übrig ist, was mir nicht gehört – ihr Körper, ihr Verstand, ihr Wille.

Gestern Nacht habe ich ihr erlaubt, allein zu schlafen. Nachdem sie mich daran erinnert hatte, wie weit ich unter ihr stehe – dass ich sie ihrem rechtmäßigen Verlobten gestohlen hatte – habe ich unsere Kabine verlassen und die Nacht damit verbracht, mich besinnungslos zu trinken. So bin ich auf dem Deck meiner frisch erworbenen Yacht gelandet und nun dort aufgewacht.

Das Geräusch eines Helikopters, der über uns fliegt, veranlasst mich dazu, aufzuspringen und nach meiner Pistole zu greifen.

Meine Männer erscheinen aus allen Richtungen und richten Maschinengewehre auf den näher kommenden Helikopter.

„Steckt die Waffen weg." Meine Frau stolziert in einem kurzen Minikleid, mit einer riesigen Sonnenbrille und einem breitkrempigen Sonnenhut mit einer großen dunkelblauen Schleife auf das Außendeck.

Bevor der Gedanke mein Gehirn erreicht hat, renne ich

schon zu ihr, weil ich sie unter Deck in Sicherheit bringen muss.

Ich bleibe wie angewurzelt stehen, als meine winzige Frau fröhlich einen Arm in die Luft hebt und dem Helikopter mit einem breiten Hollywood-Lächeln im Gesicht winkt. „Lächeln und winken, Antonio", sagt sie zwischen entblößten Zähnen. „Das ist die Presse."

Die ... *was?*

Ich drehe mich, um zu dem Helikopter zu blicken. Mein Gehirn und Körper teilen mir noch immer mit, dass dies ein Angriff ist, doch ich realisiere, dass sie recht haben muss. Wenn sie auf uns schießen wollten, hätten sie das bereits getan.

Ich habe gerade die Hochzeit der berühmtesten Schönheit New Yorks gesprengt. Es ergibt Sinn, dass die Presse hier sein will und versucht, uns bei unseren Flitterwochen zu überraschen und herauszufinden, wie das alles passiert ist.

„Waffen weg", blaffe ich und stecke meine in den Holster an meinem Knöchel.

Ich lege einen Arm um meine Frau und winke ebenfalls gespielt fröhlich.

Mir kommt der Gedanke, dass sie ein Notsignal hätte geben können. Sie hätte mit beiden Armen winken oder irgendwie panisch und hilfsbedürftig wirken können. Dass sie meine Männer angewiesen hat, ihre Waffen zu verstecken und angemessen zu reagieren, überrascht mich.

Ich bin nicht so dumm, zu glauben, dass sie mit dieser Ehe einverstanden ist oder beabsichtigt, gehorsam zu sein. Wenigstens erfüllt sie im Moment ihre Pflicht.

Der Helikopter umkreist die Yacht und ich vergewissere mich, dass sie recht hat – ein Kameraobjektiv blitzt in der Sonne auf.

„Dann wollen wir ihnen eine gute Show liefern, Prinzessin." Ich lege meinen anderen Arm um sie, biege sie nach hinten und küsse ihre prallen Lippen stürmisch.

Sie erstarrt und schockiert mich, indem sie den Kuss akzeptiert. Ich spüre ihren Herzschlag an meiner Brust, als sie beginnt, ihre Lippen an meinen zu bewegen. Ich stoße meine Zunge in ihren Mund, lasse sie dreist auf Erkundung gehen und ficke sie damit. Mein Schwanz wird entlang meines Beins hart und lang und presst sich gegen ihren Bauch.

Und dann will ich nicht mehr aufhören. Der Helikopter und die Reporter sind mir scheißegal. Mir ist egal, was für Fotos sie machen.

Ich will nur die hübsche Debütantin erobern, die denkt, sie wäre zu gut für mich. Sie glaubt, dass ich unter ihrer Würde bin, das ändert jedoch nichts an der Tatsache, dass ihr Körper auf mich reagiert. Dass ihre Neugier darüber, was ich ihr geben könnte, welche Gefühle ich in ihr wecken könnte, nie verflogen ist.

Plötzlich habe ich nur noch ein Ziel im Sinn: meine neue Ehefrau zu erregen. Ich will sicherstellen, dass sie scharf auf mehr, bedürftig und begierig auf das ist, was ich ihr geben kann.

Und ich kann es nicht erwarten, zu sehen, wie ihr hübsches Gesicht aussieht, wenn sie kommt.

Ich lasse eine Hand zu ihrem Hintern gleiten und knete das weiche Fleisch. So habe ich mich beim letzten Mal verloren.

Als mir die zarte Blaublüterin bewies, dass sie zwar aussieht, als sei sie aus Porzellan, in Wahrheit jedoch heißblütig ist.

Mein Kuss verliert an Finesse und wird aggressiv vor Leidenschaft.

Es liegt daran, wie sie auf mich reagiert – das erregte Keuchen und dass sie ihren sexy Körper an meine Hände presst. Sie entbrennt bei meinen Berührungen. Ich bringe sie wieder in eine aufrechte Position, sodass ich an ihren Hals gelangen kann, den ich küsse und an dem ich knabbere.

„Oh." Ihr leises, überraschtes Keuchen macht mich härter als Granit. Ich schiebe meinen Unterarm unter ihren Po und hebe sie hoch, sodass ich sie zur nächstbesten Wand tragen kann. Ihre Beine spreizen sich, um meine Taille zu umschlingen, wodurch das kurze Kleid ihre Schenkel hochrutscht.

Würde sie mich nicht halb um den Verstand bringen, würde ich mir Sorgen darum machen, wie viel von ihren hübschen Schenkeln meine Männer sehen können. Oder die Fotografen, was das angeht.

Ich habe jedoch vergessen, dass noch andere Personen anwesend sind. Ich habe meine Rache vergessen. Ich habe alles vergessen außer dem Geschmack ihres Mundes und wie sich ihr sexy Körper anfühlt. Die erregten Laute, die ihre Kehle verlassen.

Ich fixiere sie an der Wand und vertiefe den Kuss. Zähne, Zunge und Gewalt beherrschen ihn. Meine Erektion presst sich an ihren Bauch. Ich lasse ihren Hintern tiefer in meine Hände sinken, um mein pochendes Glied zwischen ihre Beine zu schieben.

Sie stöhnt an meinem Mund. Ich stoße meine Zunge im Rhythmus mit meinen Hüftbewegungen in sie. Es ist wie ein langsamer Fick.

„*Antonio*", keucht sie.

Fuck.

Ich verliere anscheinend den Verstand, denn ich würde diese Yacht aufgeben, nur um noch einmal zu hören, wie sie meinen Namen in diesem verzweifelten, atemlosen Ton ausspricht. Um zu hören, wie sie ihn immer wieder wie ein Bittgebet skandiert. Als würde sie Gott lobpreisen.

„Das stimmt, *Principessa*." Ich beiße in ihren Hals. „So wird sich dein Ehemann um dich kümmern." Ich lecke über die Stelle, die ich gebissen habe, und sauge anschließend daran. „Jeden. Verdammten. Tag."

„Antonio." Sie keucht, schaukelt mit den Hüften und kommt meinen Stößen entgegen. Ich finde den Bund ihres Höschens und reiße ihn über ihren Hintern, da ich darauf brenne, diesen winzigen Stoff aus dem Weg zu schaffen, damit ich es ihr hart besorgen kann. Hier und jetzt.

Dahlia gerät in Panik.

Plötzlich tritt sie um sich und stößt mich von sich, zappelt und versucht, sich aus meinen Armen zu befreien.

Ich komme wieder zu Sinnen.

Langsam stelle ich Dahlia auf die Füße, ziehe ihr Höschen hoch und rücke den Saum ihres Kleides zurecht. Ich verpasse ihrem Hintern einen Klaps. „Nein, Liebes. Nicht, bis du darum bettelst."

Sie schnaubt, verdreht die Augen und gibt meiner Brust einen Schubs.

Da ich die Rotorblätter des Helikopters höre, ziehe ich sie an meinen Körper, damit es so aussieht, als würde sie mich umarmen. Sie lässt es zu und ich halte sie einige Sekunden lang fest, bevor ich sie loslasse.

„Du wirst betteln, Darling." Ich rücke ihren Sonnenhut gerade, den ich beim Küssen anscheinend verschoben habe. Ihre Lippen sind geschwollen und ihre Wangen gerötet.

Das weckt die Gier nach Runde Zwei in mir.

„Eher friert die Hölle zu, Antonio", entgegnet sie und stolziert davon. Dann bleibt sie stehen, dreht sich leicht und schaut über ihre Schulter. „Wenn ich es mir so recht überlege, wäre es mir noch lieber, wenn du erfrierst. Ich könnte die Tragödie definitiv überleben, dass meine Ehe wegen eines vorzeitigen Todes verfrüht endet."

* * *

Dahlia

Als ich mich von Antonio entferne, vibriert mein Körper von seinem Kuss. Mein Höschen ist klatschnass und meine Nippel sind in meinen BH-Körbchen zu harten Spitzen aufgerichtet.

Ich weiß nicht, wie er das mit mir macht. Warum ich ihn so wahnsinnig attraktiv finde. Ich kann nicht begreifen, was in mir diesen verzweifelten Wunsch nach seiner Aufmerksamkeit weckt.

Vielleicht ist der wahre Reiz an einem Bad Boy, dass ich ihm vollkommen egal bin. Das spricht dieses menschliche Bedürfnis an, Freunde zu finden und eine Verbindung herzustellen. Er ist die ultimative Herausforderung.

Das ergibt Sinn. Ich habe ihn auf einem Ball kennengelernt, wo alle höflich zu mir sein und mir schmeicheln mussten.

Doch da war er und beobachtete mich mit absolutem Desinteresse, geradezu spöttisch.

Und ich musste ihn einfach dazu bringen, mich zu wollen.

Leider bin ich immer noch dieses fünfzehnjährige Mädchen.

Antonio hat mich für sich beansprucht, um meinen Vater zu bestrafen. Er hält mich für ein verwöhntes, reiches Mädchen. Er hat kein echtes Interesse an mir und dennoch brenne ich darauf, ihn dazu zu bringen, sich in mich zu verlieben.

Ich will den Bad Boy besiegen und ihm beweisen, dass ich würdig bin.

Diese Erkenntnis festigt mehr als alles andere meinen Entschluss, mich aus dieser ungesunden, gefährlichen Situation zu befreien.

Es muss doch eine Möglichkeit geben, mich von Antonio zu lösen.

Ich realisiere, dass ich die Yacht der Länge mit schnellen Schritten durchmesse, ohne ein Ziel im Sinn zu haben abgesehen davon, von Antonio wegzukommen. Ich lande in der Nähe des Steuers und entdecke durch das Fenster des Steuerraums ein Gesicht, das ich kenne.

Shawn Hennessey, der Yachtkapitän meines Vaters.

Es ist witzig, dass mich ein vertrautes Gesicht – das mich normalerweise nur dazu veranlassen würde, gelangweilt mit den Schultern zu zucken – in diesen schrecklichen Umständen mit solcher Freude erfüllt.

„Shawn!" Zum ersten Mal seit mindestens sechsunddreißig Stunden lächle ich aufrichtig.

„Dahlia!" Er blickt nervös in beide Richtungen, öffnet die Tür der Kabine, zieht mich hindurch und umarmt mich. Dann zischt er leise in mein Ohr: „Dein Vater hat mir eine Nachricht für dich geschickt. Er sagt, er wird uns beide hier rausholen."

Als ich draußen Schritte höre, löse ich mich aus seinen Armen. „Es ist schön, dich zu sehen!", spreche ich laut.

Antonio knurrt hinter mir: „Hände von weg *meiner Frau*, sonst schneide ich sie ab und werfe sie den verdammten Haien zum Fraß vor."

Seine Frau.

Die Worte senden Schockwellen durch meinen Körper.

„Antonio!" Ich schrecke zurück und bringe mindestens einen Meter zwischen mich und den Kapitän. „Hör auf. Er ist ein Freund der Familie – ich meine, ein Angestellter, das ist alles."

Ich danke Gott für Antonios offenkundige Eifersucht. Anscheinend hat es ihn von der Erkenntnis abgelenkt, dass mir Shawn eine Botschaft ausgerichtet hat.

„Er ist nichts für dich", sagt Antonio warnend. „Wenn du diesem *Stronzo* noch einmal zu nahe kommst, werde ich ihn über Bord werfen. Ist das klar?"

Es ist perfekt. Ich sollte schreckliche Angst haben und entsetzt sein. Doch etwas Warmes windet sich durch meine Brust.

Antonios besitzergreifendes Alphagehabe ist übertrieben und absurd. Allerdings dient es nicht nur der Ablenkung, sondern erregt mich auch. Ich mag es, wenn er seinen Anspruch auf mich deutlich macht. Es törnt mich an. Ich sehnte mich nach der Aufmerksamkeit dieses Mannes und jetzt habe ich sie. Und damit geht ein Gefühl der Macht einher.

Ich lege meine Hand auf die Mitte seiner Brust und versetze ihm einen Stoß. Er erlaubt mir, ihn von der Kommandobrücke zu schieben.

„Entspann dich. Ich habe nur Hallo gesagt."

Antonios Gesicht ist immer noch wutverzerrt.

„Du hast mich im Grunde genommen entführt. Du hast mich von meiner Familie weggeholt und auf ein Schiff mit völlig fremden Leuten gebracht. Es sollte dich nicht schockieren, dass ich glücklich darüber bin, ein vertrautes Gesicht zu sehen."

Ein Teil seines Zorns scheint zu verrauchen.

Er zieht mich zu sich und unter seinen Arm, um mich zu unserem Schlafzimmer zu bringen. „Sprich nicht noch einmal mit ihm."

Ich weigere mich, einzuwilligen.

„Dahlia", warnt er. „Möchtest du, dass er stirbt?"

Das hier ist zu viel. Ich bleibe stocksteif stehen, sodass Antonio ebenfalls innehalten muss. „Du kannst nicht jeden töten, mit dem ich spreche."

Er zieht seine Augenbrauen hoch und durchbohrt mich mit einem kalten Blick. „Du kannst mich gerne auf die Probe stellen. Du bist meine Frau. Ich würde jeden ermorden, der dich berührt oder respektlos behandelt."

Ich erschaudere. „Du bist wirklich ein Monster, oder?"

Sein Gesicht verzieht sich, die kalte Maske bricht auf und zeigt, dass ich einen Nerv getroffen habe, er erholt sich jedoch schnell. „Ich bin das, wozu mich deine Familie gemacht hat."

Ich schnaube. „Meine Familie ist nicht die Mafia. *Deine* ist es." Ich hebe die Nase in die Luft und stelle mich als Gutmensch dar. „Anderen die Schuld für deine Misserfolge zu geben, steht dir nicht."

„Ein hochnäsiger Snob zu sein, steht dir nicht."

Es gelingt mir, ein Zusammenzucken zu verhindern. Ich wusste, dass er das von mir dachte, dennoch schmerzt es mich, ihn das laut aussprechen zu hören.

„Also mit wem darf ich auf dieser Yacht sprechen?", will ich wissen.

Antonio zögert. „Niemandem. Niemandem außer mir."

Ich werfe die Hände in die Luft und beginne, zum Sonnendeck zu marschieren. „Das ist absurd. Du bist absolut wahnsinnig."

„Stell mich nicht auf die Probe", warnt er, doch ich habe bereits einen Entschluss gefasst.

Ich werde es definitiv darauf ankommen lassen.

Ich stolziere zu einer Gruppe seiner Männer, die in der Nähe der Reling stehen. Er wird seine Mafia-Soldaten nicht über Bord werfen, wenn ich mit ihnen spreche.

„Hi, Jungs." Ich teste meine kokette Stimme. „Ich glaube nicht, dass wir uns richtig vorgestellt wurden." Ich lege dem Kerl, der mir am nächsten ist, eine Hand auf die Schulter und trete näher. „Ich bin Dahlia."

„Weg von ihr", blafft Antonio.

Im nächsten Augenblick werde ich über seine Schulter geworfen. Mein kurzes Kleid rutscht bis zu meiner Taille und bietet den Männern zweifellos eine hervorragende Sicht auf meinen Höschen bekleideten Hintern. „Schaut sie nicht an", brüllt Antonio, als er davonstapft. Mein Oberkörper schwingt in seinem Rücken hin und her.

Anstatt mich zu unserem Schlafzimmer zu bringen, läuft er in eine der anderen Schlafkabinen – offensichtlich eine unbewohnte – und lässt mich auf das frisch gemachte Queen-Sized-Bett fallen.

Er ragt über mir auf, allerdings finde ich seine große, beeindruckende Visage nicht einschüchternd. Ganz im Gegenteil, seine besitzergreifende Höhlenmensch-Art törnt mich an. Mein Blick verfolgt die Bewegungen seiner großen Hände, die sich an seinen Seiten zu Fäusten ballen. Ich bemerke, wie gut er aussieht, sogar in dem zerknitterten Smoking von gestern.

„Kleider-Einschränkung." Antonios Stimme ist ein ersticktes Knurren und seine dunklen Brauen senken sich nach unten. Er zieht mir das Kleid über den Kopf. Er tut mir nicht weh, seine Bewegungen sind jedoch grob und ruckartig.

Verschwunden ist der gefasste Rache-ist-ein-Gericht-das-am-besten-kalt-serviert-wird-Mann, der mich gestern Nacht mit kühler gepflegter Stimme herumkommandiert hat.

Dieser Mann fühlt sich roher an. Realer.

Ich bin wahnsinnig erregt und viel misstrauischer in

Bezug auf ihn. Ich will den Bullen nicht reizen. Ich erlaube ihm, mir meinen BH und Höschen auszuziehen. Ich trete meine Sandalen sogar selbst beiseite – ein Zeichen meiner Unterwerfung.

Antonio bückt sich, um mein Kleid, Höschen und meinen BH aufzuheben. Mit einem Finger deutet er auf mich. „Ich habe dich gewarnt."

Ich krabble vom Bett, damit ich mich in keiner derart unterwürfigen Position befinde. Ich versuche, mir eine kluge Erwiderung zu überlegen, mir fällt jedoch nichts ein.

Wie sich herausstellt, muss ich keine Antwort finden, denn Antonio marschiert aus dem Raum.

Ich stehe nackt da und denke über die Situation nach.

Dann wird mir bewusst, dass die Lösung einfach ist. Antonio gefällt es nicht, wenn ich mit anderen Männern spreche, er will nicht, dass sie meinen Hintern sehen, und er hat mir meine Kleider genommen.

Er ist buchstäblich ins offene Messer gelaufen.

Mit großen Schritten gehe ich zur Tür und ziehe sie auf. Anschließend stolziere ich hinaus, als gehöre mir das Schiff.

* * *

Antonio

Oh, *zur Hölle nein.*

Ich renne los, als ich meine splitterfasernackte Frau und ihren heißen Körper in voller Sicht meiner Männer auf dem Außendeck ankommen sehe.

Ich war ein Idiot. Ich hätte wissen sollen, dass ihr Mut größer ist als die Scham über ihre Nacktheit.

Ich bin mir nicht sicher, ob meine Füße überhaupt den Boden berühren, als ich das Deck überquere, um sie zu erwischen. Ich lege einen Arm um ihre Taille, hebe sie in die Luft, drehe sie um und gehe zu unserer Kabine.

„Du liebst Bestrafungen, was, *Principessa?*", knurre ich an ihrer Ohrmuschel.

„Dich zu kontrollieren, ist gerade zu meiner Lieblingsbeschäftigung geworden."

Mich zu kontrollieren? Ich knirsche mit den Zähnen. „Wir werden ja sehen, wer hier wer kontrolliert." Sie will ihren Körper benutzen, um mich zu kontrollieren? Ich werde das gegen sie verwenden.

Ich weiß, dass sie neugierig auf Sex ist. Ich werde sie in Nullkommanichts zum Betteln bringen.

Ich werde sie mit Orgasmen bestrafen, bis sie schluchzend nach meinem Schwanz verlangt.

„Wer hier *wen* kontrolliert", korrigiert sie mich.

Richtig. Sie weist mich wieder in meine Schranken. „Sorry, meine Gefängnisbildung kann nicht ganz mit deiner Privatschule mithalten", knurre ich.

Ich trage sie geradewegs zum Schrank, aus dem ich einen Gürtel hole.

Das macht ihr Angst. Sie dreht in meinen Armen durch, schlägt und tritt um sich. Ich schaffe es, sie festzuhalten, bis ich sie auf das Bett gelegt habe, wo ich ihre Handgelenke über ihrem Kopf fixiere und mit dem Gürtel umwickle.

Sie wird ruhiger, da sie zweifellos erleichtert ist, dass ich sie nicht damit auspeitschen werde.

Ich befestige das Ende des Gürtels an dem Bettpfosten. Anschließend gehe ich auf die Knie, um sie zu betrachten.

Meine Frau sieht wunderschön aus. Ihre dunklen Haare sind wie ein Fächer um ihr gerötetes Gesicht ausgebreitet. Ihre perfekten Brüste sind prall und ihre Nippel altrosa im Kontrast zu ihrer blassen Haut.

Mit dem Daumen fahre ich über meine Unterlippe, während ich sie bewundere. „Ich mag es, wenn du gefesselt bist", bemerke ich. „Vielleicht lasse ich dich während der restlichen Reise so liegen."

Sie strampelt und dreht ihre Hüften in diese und jene Richtung. „Lass mich gehen!"

„Oh, nein, Schätzchen. Vorher müssen wir uns um deine Strafe kümmern."

Sie klappt den Mund zu und starrt mich an.

„Wirst du nicht fragen, wie diese ausfallen wird?"

„Ich bin mir sicher, du wirst es mir gleich verraten."

Ich zucke mit den Achseln. „Nein. Ich werde es dich einfach erleben lassen." Ich packe ihre Schenkel und schiebe ihre Knie weit auseinander bis zu ihren Schultern.

Ihr Bauch erbebt. „W-was machst du?"

„Ich schaue mir an, was mir gehört."

Es ist eine wunderschöne Pussy. Unberührt. Noch nie penetriert von einem anderen Mann. Mein üblicher Typ Frau ist eine mit etwas mehr Erfahrung, mir gefällt jedoch die Vorstellung, Dahlias Erster zu sein.

Besser gesagt, ihr *Einziger*.

Denn sie ist jetzt die Meine. Und meine allein.

Das bedeutet, ihr hübscher Körper gehört mir.

Ihre Orgasmen gehören mir.

Ihre Freiheit gehört mir.

Ich bin möglicherweise nicht in der Lage, mir ihr Herz zu nehmen, aber den Rest ihres Körpers werde ich regieren wie der verdammte Boss, der ich bin.

Sie versucht, ihre Knie zu schließen und aus meinen Händen zu drücken, doch ich halte sie fest, sehe mich einfach an ihr satt und lasse sie meine Dominanz spüren. Mein Besitzrecht. Mein Verlangen.

Ich lasse mir Zeit, senke meinen Kopf und gleite mit der Zungenspitze über ihre Spalte.

Ihr Anus zieht sich zusammen und sie zuckt in meinem Griff.

Ich erkunde ihre weichen Falten einzig und allein mit der Absicht, von ihr zu kosten und mich mit ihr und ihren Reaktionen auf meine Berührungen vertraut zu machen.

Ihr Atem kommt stoßweise und ihre Innenschenkel beginnen, zu zittern. Innerhalb von Sekunden fließen ihre Säfte und ich lecke sie auf.

„Du hast gesagt, du würdest keinen Sex mit mir haben."

„Das hier ist kein Sex. Das hier ist eine Bestrafung", informiere ich sie, obwohl ziemlich offensichtlich ist, dass es eine viel angenehmere Art der Strafe ist als bisher. Die echte Strafe wird der Moment sein, in dem ich sie hängen lasse. Wenn ich sie feucht und bereit für mein Eindringen gemacht habe, und zurückweiche.

Sie wimmert leise, als ich ihre Schamlippen nachfahre, ihren Kitzler umkreise und daran sauge.

Ich setze meine langsame Folter fort, dringe mit meiner Zunge in sie, sauge und knabbere an ihren Schamlippen. Mein Schwanz ist schwer und sehnt sich danach, in ihr zu sein.

Dahlia zerrt an dem Gürtel und windet sich an meinem Mund. Nein, sie presst sich dagegen.

Sie hat definitiv Spaß.

Ich mache weiter und bringe sie, nach der Höhe ihres Stöhnens zu urteilen, nah an den Gipfel heran, bevor ich mich zurückziehe.

Kurz bewegt sie sich nicht. Dann schnellt ihr Kopf hoch. „Was ist los?" Sie klingt alarmiert.

„Was möchtest du, Dahlia?"

Ihr Kopf fällt nach hinten und ihre Augenlider schließen sich. „Oh, Gott."

Ich warte.

Ihre Augen öffnen sich, sind glasig und riesig. Wild. „Wirst du es zu Ende bringen?"

„Wie soll ich es beenden, Prinzessin?"

„W-was du gemacht hast, war in Ordnung. Ich meine, falls das meine Strafe ist."

Ich gluckse und schüttle den Kopf. „Nein, das hier ist deine Strafe." Ich verlasse das Bett.

Sie keucht wütend, als es ihr bewusst wird. „Nein. Du kannst mich nicht so liegen lassen. Du *kannst nicht*."

Ich schenke ihr ein kühles Lächeln. „Ich kann, liebste Frau. Das passiert, wenn du mich herausforderst."

Ich betrete das Bad, ziehe den zerknitterten Smoking aus und nehme eine dringend benötigte Dusche.

Als ich herauskomme, ist Dahlias Körper erschlafft. Ihre Knie hängen auf wie die Flügel eines Schmetterlings und ihr Kopf ist zur Seite gedreht.

„Bitte ... meine Handgelenke tun weh ..." Der Rest ihrer Bitte erstirbt auf ihren Lippen, als sie meinen nackten Oberkörper mustert, auf dem Wassertropfen von der Dusche glänzen. Ihr Blick zeichnet meine Brustmuskeln bis zu meinen Bauchmuskeln und dem Rand des weißen Handtuchs nach, das um meine Taille gewickelt ist.

Ich bin versucht, sie mit meinem Körper zu reizen, erinnere mich jedoch an ihre Unschuld. Daher ignoriere ich sie und marschiere zur Kommode, in die meine Kleider zusammen mit ihren gelegt wurden. Ihr den Rücken zukehrend lasse ich das Handtuch fallen und ziehe eine Boxershorts an, wobei ich die Hitze ihres Blicks die ganze Zeit auf mir spüre.

Ich drehe mich um und lasse sie die Erektion mustern,

welche die weiche Baumwolle ausbeult. Ich hätte mir vermutlich in der Dusche einen runterholen sollen, um den Druck zu reduzieren, doch mein Stolz hat das nicht zugelassen. Ich will in meiner Frau kommen. Ich hebe jeden Tropfen für ihre saftige Pussy auf, damit ich ihren Bauch mit unserem Kind füllen kann.

Sie holt scharf Luft und leckt sich über die Lippen.

„Wie geht es deiner Pussy?" Ich nähere mich dem Bett.

Sie klappt die Knie mit einem leisen Klatschen ihrer Haut zu.

Ich schnalze mit der Zunge. „Böses Mädchen. Du musst dich nicht vor mir verstecken. Mir gehört diese Pussy jetzt." Ich packe sie hinter den Knien und hebe ihre Füße vom Bett, um ihre Beine weit zu spreizen. Dieses Mal lasse ich sie zurück zum Bett gleiten, allerdings zu beiden Seiten meiner Schultern. Meine Hände schiebe ich unter ihren Hintern und hebe ihn leicht an, sodass er fast auf einer Höhe mit meinem Gesicht ist.

„Nei-ein, Antonio", stöhnt sie. „Bitte."

Ich lecke sie. „Bitte was, Darling?"

„Ich … ich … Bitte tu das nicht."

Ich lecke mit meiner Zunge über ihre Spalte. Dieses Mal bin ich schlampiger, weil es schwer ist, sich mit blauen Eiern zu konzentrieren.

Es spielt jedoch keine Rolle, da sie bereits verzweifelt ist. In dem Moment, in dem mein Mund sie berührt, spannt sie ihren Hintern an und drängt sich mir entgegen, erpicht auf ihren Höhepunkt.

„Du hast hier nichts zu vermelden", informiere ich sie. „Du hast dich entschieden, deinen Körper meinen Männern zu zeigen – *den Körper, der jetzt mir gehört.* Das hier ist die Strafe, die ich für dich ausgesucht habe."

„Ich … verstehe es nicht einmal", beschwert sie sich.

Ich gluckse an dem weichen Fleisch, bevor ich an ihrer Schamlippe knabbere. „Dein Körper versteht es, oder nicht?“

„Mein Körper ...“, keucht sie. „Mein Körper will ...“

„Ich weiß, was dein Körper will, *Amore*. Ich kann dir geben, wonach du dich sehnst.“

„Nein“, widerspricht sie. „Nein, nein, nein, nein.“ Ihr bedürftiger Ton passt nicht zu den Worten, aber natürlich halte ich mich an diese.

Irgendwann wird sie einknicken.

Anstatt mit meiner langsamen, gezielten Folter weiterzumachen, bringe ich sie an den Rand eines Orgasmus und weiche abermals zurück.

Sie schluchzt trocken, als ich vom Bett steige. „Du bist ein schrecklicher Mensch.“

„Ich kann ziemlich grausam sein“, stimme ich zu. „Es wäre klug von dir, es dir nicht mit mir zu verscherzen.“

Dahlia

Antonio foltert mich stundenlang mit seiner Zunge und treibt mich beinahe in den Wahnsinn, da er mich nie den Höhepunkt erreichen lässt.

Schließlich, als ich um Gnade flehe, befreit er meine Handgelenke von dem Gürtel.

Ich sollte begeistert sein, dass ich meine Arme und Hände wieder benutzen kann, die jedoch kribbeln, da das Blut in sie zurückströmt. Schlimmer – viel schlimmer – ist allerdings, dass sich Antonio wieder anzieht.

Als sei er fertig mit mir.

Als würde er mir nicht die Befriedigung geben, die ich brauche.

Ich verliere keine Zeit. Sowie ich wieder ein Gefühl in meinen Händen habe, rolle ich mich auf den Bauch und schiebe eine Hand zwischen meine Beine. Meine Hüften bocken gegen den festen Kontakt – gegen den Druck, nach dem ich mich gesehnt habe.

Die Erleichterung ist so groß, dass ich laut stöhne, als sich meine inneren Muskeln anspannen und verkrampfen. Ein riesiger Stern erblüht und zerbirst hinter meinen Augen. Ich bewege meine Finger und löse eine zweite kleinere Welle der Erlösung aus, doch bevor ich fertig bin, dreht mich Antonio auf den Rücken.

Er starrt auf mich herab, seine goldenen Augen sind dunkel und funkeln. „Habe ich gesagt, dass du kommen darfst?"

Mein Gehirn verarbeitet nicht einmal, was er sagt. Mir ist schwindlig von dem Höhepunkt. Ich treibe in der Wonne. Ich blinzle zu ihm hoch, während sich meine Finger noch immer bewegen, um weitere Nachbeben auszulösen.

Er packt mein Handgelenk und ersetzt meine Finger mit seinen. „Diese Pussy gehört mir, schon vergessen?"

Er bewegt seine Finger geschickt und findet genau die Stelle, an der ich berührt werden muss, um einen weiteren Orgasmus zu erleben.

Ich schreie auf, als der Höhepunkt durch mich fegt, bäume mich auf und bin vollkommen seiner Gnade ausgeliefert. Als ich meine Augen blinzelnd öffne, stelle ich fest, dass mich Antonio aufmerksam beobachtet, während er weiterhin langsam seine Finger bewegt.

„Ich habe dir nicht die Erlaubnis gegeben, zu kommen."

„Ahhhh." Meine Gedanken, mein Verstand haben sich verflüchtigt. Ich habe null Kontrolle über meinen Körper und gewiss nicht die Fähigkeit, ihm etwas auszuschlagen, als er einen dicken Finger in mich schiebt.

Ich stöhne, weil es sich so gut anfühlt. So richtig. Ich habe meine Finger in der Privatsphäre meines Schlafzimmers zwischen meinen Beinen benutzt, seit ich ein Teenager war, doch das hier – diese Empfindung – geht wie die Berührungen seiner Zunge über jede Lust hinaus, die ich mir jemals selbst bereitet habe.

Es schockiert mich, wie feucht ich bin. Meine Erregung überzieht seinen Finger und erzeugt ein glitschiges Geräusch, als er ihn rein und raus bewegt. Er dringt tiefer, stößt gegen meine innere Wand und ich kreische wegen der Empfindung – es ist wie ein plötzlicher Kontrollverlust und ich werde über die Klippe in noch mehr Lust gestoßen. Weitere Flüssigkeit sickert aus mir. Er gibt nicht auf, sondern bewegt seinen Finger unablässig, bevor er einen zweiten hinzufügt und mich zum Schreien und Zittern bringt, woraufhin ein unglaublicher Höhepunkt durch mich fegt. Tränen strömen mir übers Gesicht.

„Bitte", flehe ich, weil ich es nicht mehr ertragen kann. Er quält mich mittlerweile seit Stunden und die Empfindungen sind zu viel. Ich bin so schlaff wie eine Stoffpuppe. Knochenlos. Kaum in der Lage, Worte zu einem Satz zusammenzufügen. „Bitte, Antonio. Hab Gnade."

Plötzlich hört er auf, zieht seine Finger raus und hebt sie an seinen Mund, um an ihnen zu saugen.

„Ich kontrolliere jetzt deine Orgasmen, Dahlia. Du kommst nicht, ohne dass ich sie dir schenke. Verstanden?"

„Ja." Ich nicke. In diesem Moment würde ich allem zustimmen, was er sagt.

Er wollte beweisen, dass er mich und meinen Körper kontrolliert, und hat es getan.

Ich keuche, kann mich nicht mehr bewegen und meine

Hände ruhen schlaff an meinen Rippen. Er mustert mich noch einen Augenblick länger, bevor er nickt. „Braves Mädchen."

In meinem Bauch flattert es. Mir ist sein Lob egal. Ich meine, es sollte mir egal sein. Aber irgendwie hat es trotzdem eine Wirkung auf mich.

„Du darfst dich anziehen und frei auf der Yacht bewegen."

Ich sollte seine angenommene Autorität über mich hassen, stattdessen schwappen seine Worte über mich hinweg. Ich bilde mir ein, dass ich Wärme in seinem Ton bemerke, das liegt allerdings vermutlich nur an dem Widerhall der Wonne meines Orgasmus.

„Fahr zur Hölle", schimpfe ich, als er aus dem Zimmer tritt.

Er hält inne, schaut zurück und meine Pussy verkrampft sich, als würde sie mit einer neuen Folter rechnen. Stattdessen huscht Belustigung über sein Gesicht. „Wehre dich weiterhin gegen mich, kleine Ehefrau. Ich genieße es, dich an die Kandare zu nehmen."

Kapitel Sechs

Antonio

Fick. Mich.

Meine Frau kommt in einem sexy, aufreizenden, roten Cocktailkleid aus unserer Kabine. Es schmiegt sich an ihre Kurven, hat an ihren Brüsten ein dreieckiges Cutout und besitz einen kurzen Rock, der ihre langen, wohlgeformten Beine zeigt. Ihre Haare sind gelockt und sie trägt falsche Wimpern und roten Lippenstift. Ihr Gesicht hat etwas Weiches an sich, als würde sie noch immer auf dem Hoch der Orgasmen des Nachmittags schweben.

Ich werde eines sagen – ihren fehlenden Charme macht sie mit ihrem Aussehen wett. Unsere Kinder werden wunderschön sein.

Allerdings sollte ich nicht daran denken, Babys mit ihr zu zeugen, denn meine blauen Eier werden bereits schwer.

Ich stehe von dem Tisch auf, an dem ich die Bücher durchgegangen bin. „Du siehst hübsch aus."

Überraschung blitzt auf ihrem Gesicht auf. Ich erinnere mich daran, die gleiche Überraschung auf ihrem Debütantenball gesehen zu haben. Als wäre das Kompliment unerwartet für sie. Dabei wurde sie sicherlich jeden Tag ihres Lebens mit Komplimenten überhäuft.

Vielleicht ist es einfach so, dass sie es nicht von mir erwartet – dem Schwachkopf.

Ich strecke meine Hand aus. „Bereit für das Abendessen, *Principessa?*"

Vor Stunden hatte ich Essen zu ihrem Zimmer bringen lassen mit der Anweisung, es nach einem kurzen Anklopfen vor ihre Tür zu stellen. Auf keinen Fall werde ich es riskieren, dass meine Bediensteten die Kabine betreten, wenn ich nicht dort bin, um dafür zu sorgen, dass sie Dahlia nicht anschauen. Mir wurde jedoch mitgeteilt, dass sie ihr Essen kaum angerührt hat.

„Ja. Ich bin am Verhungern."

Aus irgendeinem Grund freut es mich, dass ich derjenige sein darf, der sie füttert. Als würde es irgendein biologisches Höhlenmenschverlangen befriedigen.

Ich bringe sie zum Esszimmer, wo der Tisch bereits für uns gedeckt wurde, und meine Männer beeilen sich, Kerzen anzuzünden und Wein einzuschenken.

Ich hebe mein Glas, nachdem ihres gefüllt wurde. „Auf meine Frau. Die so exquisit schmeckt, wie sie aussieht."

Dahlia verdreht die Augen und trinkt, ohne mit mir anzustoßen.

„Ich habe es genossen, dir heute Nachmittag beim Kommen zuzuschauen."

Ein sichtbares Beben durchläuft sie. „Das ist kein Thema für ein höfliches Tischgespräch."

Ich schenke ihr ein steifes Lächeln. „Und dennoch bist du hier, die Yachtprinzessin, verheiratet mit einem Mann, dem scheißegal ist, was du höflich findest."

Sie zuckt leicht zurück und ich bereue meine Schärfe. Ich habe es genossen, sie weich und entspannt zu sehen. Ich muss sie nicht auf diese Art ärgern. Nicht, nachdem sie sich mir heute Nachmittag unterworfen hat.

Natürlich hatte ich ihr kaum eine Wahl gelassen.

Die Wahrheit ist jedoch, dass ich nicht weitergemacht hätte, wenn sie verängstigt, wütend oder widerstrebend gewesen wäre, wenn ihre Pussy trocken oder ihr Körper verkrampft gewesen wäre.

Nein, meine temperamentvolle Braut hat meine Berührungen und Zunge genossen. Sie war unglaublich reaktionsfreudig und sie beim Kommen zu beobachten, war der spektakulärste Anblick, den ich jemals gesehen habe. Es war wunderschön.

„Beim Essen über deine Pussy zu sprechen, ist genauso sehr mein Recht, wie von ihr zu kosten", verkünde ich. „Und", ich mache eine Pause, um einen Schluck Wein zu trinken, „ich kann es nicht erwarten, wieder von dir zu kosten."

Sie hebt den Kopf und begegnet meinem Blick. „Als Strafe." Sie stellt es nicht als Frage, beobachtet mich jedoch, als würde sie herauszufinden versuchen, wie und wann es wieder geschehen wird.

Ich zucke mit den Achseln. „Es kann auch eine Belohnung sein. Hängt vom Kontext ab, schätze ich."

Ich beobachte, wie sich das entblößte Hautdreieck über ihren Brüsten rot färbt.

„Möchtest du mir beschreiben, was eine Belohnung für dich wäre?"

Sie leckt sich über die Lippen und der Anblick ihrer Zunge macht mich härter als Stahl.

„Hmm?", hake ich nach, als sie nicht antwortet.

Sie trinkt zwei große Schlucke Wein. „Klar." Ich liebe es, dass sie versucht, lässig zu klingen, dennoch zittert das Wort am Ende.

„Wenn du brav bist, meine süße Ehefrau, werde ich dich belohnen. Ich werde dich zu unserer Kabine bringen, einige Kerzen anzünden und ein Glas Champagner einschenken. Dann werde ich dich langsam entkleiden und mit den Fingerspitzen über deine weiche Haut gleiten."

Gänsehaut entsteht auf ihren Armen. Einer meiner Männer serviert zwei Teller mit T-Bone-Steak, doppelt gebackenen Kartoffeln und Spargel. Ich warte, bis er gegangen ist.

„Ich werde dich hochheben und aufs Bett legen. Vielleicht werde ich mit einer Rose über deine nackte Haut gleiten, um dich auf meine Berührung vorzubereiten."

Dahlia hat sich dem Schneiden ihres Steaks gewidmet, erstarrt jetzt allerdings und hebt den Blick. Dann scheint sie sich aus ihrem Tagtraum zu reißen und schnaubt. „Eine Rose?"

„Falls ich keine Dahlie finden kann", lenke ich feixend ein.

Ich sehe, dass ihre Lippen zu einem Lächeln zucken, bevor sie es mit einem Bissen Steak versteckt.

„Dann werde ich deine Knie weit spreizen und meinen Kopf zwischen deinen Schenkeln vergraben. Dieses Mal kannst du deine Hände benutzen, sodass du an meinen Haaren reißen oder mich vorziehen kannst."

Dahlia schluckt ihr Steak hörbar.

„Natürlich werde ich dich kommen lassen. Ich werde dich nicht warten lassen. Ich werde dich so oft du willst zum Orgasmus bringen."

Dahlias Rücken wird ganz gerade, als hätte sie unter dem Tisch gerade ihre Schenkel zusammengepresst. „Also, Antonio, ich verstehe, dass du dich an mir und meinem Vater rächen willst, aber ist es nicht viel mehr Ärger, mich zu behalten?"

Ich erlaube ihr nicht, das Thema zu wechseln. „Soll ich dir erzählen, was geschehen wird, wenn ich dich erneut bestrafen muss?"

„Nein." Die Silbe klingt stur.

„Das nächste Mal werde ich mich auf deinen Hintern konzentrieren."

Dahlia hört zu kauen auf.

„Das nächste Mal werde ich dich über mein Knie legen. Das ist für uns beide ein intimeres Erlebnis."

„Sei still", blafft Dahlia, deren Wangen rot glühen.

„Ich werde deinen Hintern rosa färben, bevor ich der engen kleinen Rosette zwischen deinen Pobacken meine volle Aufmerksamkeit schenke."

„*Antonio.*" Schock färbt diese Silben.

Ich schenke ihr ein verruchtes Lächeln. „Keine Sorge, Darling. Es kann genauso befriedigend sein, wie mich zwischen deinen Beinen zu haben. Mit der Zeit wirst du mich anflehen, dich auch dort zu ficken."

Dahlias Gabelhand zittert auf dem Weg zu ihrem Mund. „Lass mich gehen, Antonio. Bitte."

Ich schüttle den Kopf. „*Niemals.*"

Sie steht vom Esstisch auf und wirft ihre Serviette auf den Teller.

Ich stehe mit ihr auf wie ein Gentleman. Ich habe die Anstandsregeln studiert und mein Benehmen verfeinert, seit ich aus dem Gefängnis rauskam. Nicht, weil mich Benedict King ein Rohling genannt hatte. Nicht, um ihm das Gegenteil zu beweisen, denn er hatte recht – ich bin ein Rohling. Ein echtes Monster.

Nein, es war eine notwendige Anpassung, um meinen Racheplan durchzuführen. Um mir die richtigen Türen zu öffnen. Es hat sehr lange gedauert, Benedict King dazu zu verführen, bestimmte Investitionen zu tätigen, und anschließend dafür zu sorgen, dass sie fehlschlugen. Letztendlich bot ich ihm den Kredit in Don Berettas Namen an.

Sie verlässt den Tisch und ich lasse sie gehen.

Meine Befriedigung darüber, sie zu reizen, schmeckt nicht annähernd so gut, wie ich gehofft hatte. Genauso wenig wie mein Abendessen, das ich allein essen muss.

* * *

Dahlia

Argh. Dieser Mann. Ich zittere, als ich in die Kabine zurückkehre. Ich bin wütend, mir ist heiß und ich bin so erregt wie heute Nachmittag, bevor mich Antonio zum Kommen gebracht hat.

Ich will diesen Mann wirklich umbringen. Ich hätte eines dieser Steakmesser auf dem Tisch nehmen und ihm das Herz rausschneiden sollen.

Allerdings wäre er dann nicht mehr am Leben, um mich mit seiner wundervollen Zunge zwischen meinen Beinen zu verwöhnen. Er wäre nicht in der Lage, mich anzugrinsen und mir das Gefühl zu geben, hübsch, begehrt und verdorben zu sein.

Ich kann nicht leugnen, dass er eine Wirkung auf mich hat. Sie ist jetzt nicht schwächer als bei meinem Debütantenball vor sieben Jahren. Allein in seiner Gegenwart zu sein, elektrisiert mich.

Ich ziehe das Kleid aus, das ich angezogen habe, um ihn zu reizen, und schlüpfe in ein Schlafshirt. Ich hole den Krimi raus, den ich eingepackt habe, als ich noch dachte, ich würde meine Flitterwochen mit einem Mann verbringen, der mich langweilt.

Bücher waren schon immer meine Ablenkung und meine besten Freunde, wenn ich mich allein fühlte. In diesem Moment kann ich mich jedoch nicht einmal mit Lesen ablenken. Ich kann mich weder in der Geschichte noch in dem Leben der Charaktere verlieren. Ich kann nur an diese leuchtenden, goldenen Augen denken, die mich über den Esstisch hinweg ansahen. Ich denke auch daran, wie Antonio sein Weinglas in seiner großen Hand hielt und dessen Inhalt kreisen ließ, während er mich musterte. Während er mich verführte.

Ich muss zugeben, dass ich es liebe, wie er mich umwirbt. Ich liebe es, dass er entschlossen ist, mich – seine Frau – zu verführen. Er hätte mich genauso gut zu der Hochzeit zwingen und mich anschließend in einer Kabine der Yacht einsperren können. Oder schlimmer, er hätte sich mir aufzwingen können. Er scheint der Typ Mann zu sein, der eine große Anzahl Leute dazu gezwungen hat, nach seiner Pfeife zu tanzen.

Dass er sich mir gegenüber wie ein Gentleman verhält und darauf wartet, dass ich ihm die Erlaubnis erteile, mich zu entjungfern, erregt und beruhigt mich zugleich.

Ja, ich bin noch immer begeistert von der Idee, den Bad Boy zu läutern und das Herz eines harten Mannes zu erweichen. Es ist die Fantasie, wegen der ich auf meinem Debütantenball in Schwierigkeiten geraten bin.

Als mein Vater die Tür der Vorratskammer öffnete und mich mit Antonios Lippen auf meinen fand, während eine große Hand meinen Hintern umfasste und eine andere meinen Busen drückte, demütigte er mich so gründlich, dass ich mich nie richtig davon erholt habe. Meine Eltern nahmen mir alle Geburtstagsgeschenke weg, die ich auf dem Ball erhalten hatte, und die nächsten zwei Sommer durfte ich nicht nach Paris gehen.

Es wurde das Event, das mir meine Eltern jedes Mal vorhielten, wenn ich aus der Reihe tanzte. Meine Mom presste dann die Lippen zusammen und warnte mich, die Familie nicht zu ruinieren, so wie ich es damals beinahe getan hätte. Mein Vater drohte, mich zu verstoßen, sollte ich das jemals wieder tun.

Und ich schätze, in gewisser Weise habe ich das getan.

Nein, *Scheiß darauf!*

Das hier war das Werk meines Vaters. Was er Antonio angetan hatte, war skrupellos. Er hatte kein Recht, ihn wie Dreck zu behandeln. Allerdings entschuldigt das nicht Antonios großen Racheplan.

Es sollte mich mehr verstören, was es darüber aussagt, welche Sorte Mann er ist. Dass er einen so großen Groll hegen kann, um einen derart ausgeklügelten Plan zu ersinnen. Ich muss das einfach bewundern. Es hat einen brillanten Mann gebraucht, um meinen Vater zu Fall zu bringen. Um so hoch zu klettern, wie es Antonio offensichtlich getan hat, und sich ein ganzes Yachtunternehmen sowie die Tochter eines High Society Paares unter den Nagel zu reißen.

Nach ein paar Stunden gebe ich das Buch auf. Ich beschließe, die ovale Marmorbadewanne im Bad auszuprobieren. Nachdem ich sie mit heißem Seifenwasser gefüllt habe, ziehe ich meine Kleider aus und steige ins Wasser.

Ich lehne mich an die Rückwand der Wanne. Von irgendwo dringt die Musik von Puccini an meine Ohren. Meine Seele wird sofort getröstet.

Musik war schon immer meine Leidenschaft. Eine Leidenschaft, die meine Mutter vollkommen ablehnte und schlechtmachte.

Ich höre genauer hin, um das Lied zu identifizieren. Es ist aus La Bohème – „Sì, mi chiamano Mimì" – eine Arie, mit der ich mich während meines Studiums auf der Smith beschäftigt habe. Ich erhebe meine Stimme, singe mit, suche und finde die Freude in den Tönen.

Die Töne hallen von den Badezimmerwänden wider, befriedigen und beruhigen mich.

Es fühlt sich wie die Rückkehr zu meinem Selbst an.

Ich schmettere das Lied lauter heraus – denn man kann eine Oper nicht halbherzig singen. Ich schütte mich in die Musik, als sei ich Maria Callas, die auf der Bühne steht, und singe mir die Seele aus dem Leib. Es fühlt sich gut an, meine Lunge zu leeren und meine Energie so zu verausgaben. Wie immer verwandelt mich das Singen. Ich vergesse, die starren Grenzen, die meine Eltern und meine Erziehung meinem Verhalten und Leben auferlegt haben. Wenn ich singe, existiere ich einfach nur. Ich bin nicht Dahlia King, Mitglied der High Society und Debütantin. Ich ... bin einfach. Ich bin das Lied, die Musik, die Worte, der Wind. Ich bin eine Stimme und ein Atemzug und eine Seele voll unausgedrückter Emotionen.

Fröhlich und belebt steige ich aus der Wanne und trockne mich singend ab.

Ich wickle das Handtuch um mich, klemme es unter meine Achseln und verlasse das Bad, woraufhin ich zur Salzsäule erstarre und das E in meiner Kehle erstirbt.

„Hör nicht auf." Antonio sitzt nach hinten geneigt in dem Sessel, hat die Knie gespreizt und seine Hände liegen auf den Armlehnen. Er stellt ein Bild entspannter Macht und Autorität dar. Sexy, dominant, viel zu köstlich.

Er beugt sich vor. „Bitte, mach weiter. Ich habe noch nie in meinem Leben etwas so Schönes gehört."

Ich blinzle und glaube ihm zuerst nicht, sein Gesicht wirkt jedoch hingerissen. Seine Aufmerksamkeit gilt ganz allein mir. Ich bemerke weder Sarkasmus noch einen Manipulationsversuch.

Ich singe wieder los, stocke jedoch peinlich berührt. Antonio bleibt wie verzaubert sitzen, weshalb ich mich wieder in das Lied einfinde. Ich schließe die Augen, weil es zu schwer ist, ihn beim Singen anzuschauen, und denke an die romantische Geschichte von Mimi und Rodolfo – an ihre Liebe auf den ersten Blick.

Beim Singen frage ich mich, wie es gewesen wäre, wenn ich Antonio auf diese Weise kennengelernt hätte – als arme Näherin, der es freisteht, sich in einen anderen Künstler zu verlieben. Der es freisteht, ihren eigenen Wünschen und Träumen zu folgen. Die sich kreativ ausdrücken darf. Mit Hingabe.

Als die Arie endet, öffne ich meine geballten Fäuste und meine Augen. Antonio springt auf und applaudiert.

„Bravo!" Er schreit sein Lob beinahe. „Bravo, *Amore*. Niemand hat es mir erzählt." Er schüttelt den Kopf und Staunen erhellt seine whiskyfarbenen Augen.

Mein törichtes Herz schlägt so schnell wie das eines Kolibris. „Dir was erzählt?"

„Du bist unglaublich." Er greift nach meinen Händen. „Wieso wusste ich das nicht? Ich habe alles über dich gelernt."

Eine heiße Welle der Freude schwappt über mich hinweg. Ich weiß, dass es albern ist. Es gibt keinen Grund, sich geschmeichelt zu fühlen – er hat alles über mich gelernt, um meinem Vater eins auszuwischen und mich meinem Verlobten zu stehlen. Dennoch höre ich das gern. Oder vielleicht mag ich auch einfach nur, dass seine großen Hände meine kleineren umfassen. Seine Haut ist noch wärmer als sein Blick.

„Meine Mutter möchte nicht, dass es die Leute wissen. Sie findet es zu bürgerlich, Künstler zu sein. Die Könige sollen die *Mäzene* der Künste sein."

Antonio legt den Kopf schief. „Warum sollte jemand ein so großartiges Talent vor der Welt verstecken? Es ist eine Tragödie."

„Nun, da bin ich mir nicht so sicher." Mein Blick wandert durch den Raum, unsicher, worauf er zur Ruhe kommen soll.

„Sei nicht bescheiden." Er hebt mein Kinn an. Sein Blick ist eindringlich, als wäre es seine neue Mission im Leben, sich für meinen Gesang einzusetzen.

Ich hasse es nicht. Ich weiß, dass dieser Mann alles im Leben mit einer Wildheit angeht, die man nicht leugnen kann. Zu wissen, dass er in einer Sache hinter mir steht, die mir so viel bedeutet, ist ein Geschenk. Es verleiht mir Flügel.

Es ist natürlich nicht so, dass ich vorhabe, eine Gesangskarriere anzustreben. Allein Antonios Unterstützung zu spüren, löst jedoch etwas, was in mir eingesperrt war. Das Schloss eines Fachs, dem nie erlaubt wurde, sich zu öffnen, ist aufgesprungen und das Fach wurde herausgezogen.

„Dahlia, du wurdest zum Singen geboren. Gott hat dir ein Geschenk gegeben, das nicht ignoriert werden kann."

Ich zittere jetzt und bin den Tränen nahe, obwohl ich nicht weiß warum. Es ist, als würde Antonio die Tiefen meines Herzens öffnen. Ich fühle mich entblößt und roh und verletzlich und dennoch schrecklich, schmerzhaft hoffnungsvoll. So, als würde die Kerze, die gelöscht wurde, als ich ein kleines Mädchen war, wieder entzündet werden.

„Ich kann nicht ... ich kann keine *Gesangskarriere* anstreben oder in der Öffentlichkeit singen ..."

„Du bist jetzt eine Beretta. Du wirst tun, was dir gefällt."

Weitere flüssige Wärme ergießt sich in meine Brust und breitet sich in meinen Armen und Beinen aus.

Doch ich fange mich. Ich darf nicht vergessen, dass ich eine Gefangene auf dieser Yacht bin. Dieser Mann ist mein Ehemann, aber auch mein Gefängniswärter.

Ich trete einen Schritt zurück. „Tun, was mir gefällt? Ich denke nicht. Bin ich nicht deine Gefangene?"

Ich bereue den Angriff, denn etwas verschließt sich hinter Antonios Augen.

„Du musst dich meinem Willen beugen, ja. Aber keinem anderen." In dem letzten Satz schwingt ein Schwur mit, der erneut dafür sorgt, dass meine Kerze entzündet wird. Als würde mich Antonio vor jedem verteidigen, der versucht, mich davon abzuhalten, etwas zu tun, was ich tun möchte.

Kurz erlebe ich, wie es ist, jemanden auf seiner Seite zu haben. Das ist etwas, was ich noch nie hatte. Vor Staunen werden meine Knie weich.

„Komm her, *Bella*." Antonio packt die Ränder meines Handtuchs und zieht mich zu sich. Es öffnet sich leicht und er nutzt es, um meinen Körper an seinen zu ziehen. Langsam senkt er den Kopf, als würde er mir Zeit geben, zurückzuweichen, doch ich bin in seinem goldenen Blick gefangen und kann die Augen nicht abwenden. Ich sehne mich wie immer nach dem, was er mir gleich anbieten wird.

Er bewegt seinen Mund mit einem langsamen, bedächtigen Kuss auf meinem. Seine Lippen sind weich. Er schmeckt nach teurem Champagner.

Ich öffne den Mund und schiebe meine Zunge zwischen seine Lippen. Mein schüchterner Versuch weckt ihn, er lässt das Handtuch fallen und legt eine Hand auf meinen Hinterkopf, um den Kuss zu vertiefen. Er gibt mir Zähne, Zunge und Stärke. Flammen lecken zwischen meinen Beinen, an meiner Mitte und brennen meinen Widerstand, meine Entschlossenheit weg.

Antonio zieht sich zurück. „Wirst du für mich singen, Schönheit?" Seine Stimme ist ein schmeichelndes, sanftes Rumpeln. Es ist ein Ton, den ich noch nie zuvor bei ihm gehört habe, und er gibt mir das Gefühl, sicher und besonders zu sein. Gehalten zu werden.

„Ja." Die Silbe kommt mir mühelos über die Lippen.

Ich singe nicht für andere, weil es meiner Mutter nicht gefiel, doch ich weiß, dass ich gut bin. Meine Collegeprofessoren haben mir im Chor oft die Solos gegeben und ich bekam im Musical Gigi sogar die Hauptrolle. Ich erzählte meinen Eltern nicht einmal von meinem Auftritt und nutzte meinen zweiten Vornamen für das Programmheftchen, damit es den Klatschblättern New Yorks nicht zu Ohren kam.

Antonio streichelt meine Wange mit seinem Daumen. Ich bin nackt, sein Blick bleibt jedoch auf meinem Gesicht. So stehen wir da und blicken einander in die Augen. Ich bin mir sicher, irgendeine Energie wird zwischen uns ausgetauscht, weiß allerdings nicht, was das bedeutet. Ich weiß nur, dass mein Herz hämmert und meine Lippen von dem Kuss kribbeln.

Antonio lässt mich sanft los. „Du solltest besser deinen hässlichsten Schlafanzug anziehen, andernfalls kann ich mich vielleicht nicht an meinen Teil unseres Deals halten."

Ein überraschtes Lachen entfährt mir. Freude dehnt sich zum ersten Mal seit meiner Hochzeit in meiner Brust aus. Nein – das stimmt nicht – zum ersten Mal, seit ich aufs College gegangen bin. Diese kurze Zeitspanne, in der ich ein wenig Freiheit hatte. Das hier ist jedoch anders. Dies ist ein warmer Raum der Leichtigkeit und Möglichkeiten. Der Sicherheit und des Gehaltenwerdens.

Wie ironisch, dass eine erzwungene Ehe mit einem

Fremden, der es auf Rache abgesehen hat, mir dieses Gefühl der Freiheit verschafft.

Als ich den Aufschub annehme, den er mir angeboten hat, und mich abwende, um ein Nachthemd und Höschen anzuziehen, denke ich darüber nach.

Es ist keine echte Freiheit.

Es muss einfach das Gefühl sein, dass ich nichts mehr zu verlieren habe.

Allerdings fühlt sich das auch nicht richtig an. Antonio hat mir nämlich gerade ein Geschenk gemacht und es ist nicht der Aufschub des Sex, den ich ihm heute Nacht möglicherweise tatsächlich gegeben hätte. Es ist etwas anderes.

Ein Gefühl, das ich behalten möchte.

Ein neues Selbstgefühl – ein Gefühl davon, was ich außerhalb der Grenzen sein könnte, die mir meine Eltern auferlegt haben. Davon, wer ich getrennt von ihnen bin.

Vielleicht davon, wer ich bei Antonio bin.

Ich wappne mich für diesen Gedanken und erwarte, dass er sich anfühlt, als würde ich meinen Kopf gegen die Wand rammen, doch mich trifft nichts. Tatsächlich fühle ich mich bei diesem Gedanken leichter.

Ich werfe meinem neuen Ehemann einen nervösen Blick zu, der sich bis auf seine Boxershorts entkleidet hat und ins Bad geht.

Zum ersten Mal überhaupt weiß ich nicht, was meine Zukunft für mich bereithält.

Zum ersten Mal überhaupt freue ich mich darauf, es herauszufinden ...

Kapitel Sieben

Antonio

Am Morgen wache ich auf, als Dahlia ihre Position minimal verändert.

Sie hat sich mit dem Rücken zu mir zu einem Ball zusammengerollt und tut so, als würde sie noch immer schlafen.

Ich hatte während der Nacht große Schwierigkeiten, mich davon abzuhalten, meine Frau in die Matratze zu drücken, ihr das hauchdünne Nachthemd auszuziehen und jeden Zentimeter ihres Körpers zu streicheln. Ich brenne darauf, sie wieder mit meiner Zunge zwischen den Beinen zu verwöhnen und ihr beim Kommen zuzuschauen. Ich will ihre Knie spreizen und herausfinden, wie es sich anfühlt, in diese feuchte Hitze zu sinken und zu beanspruchen, was mir gehört.

Ich machte kaum ein Auge zu, war jedoch nicht gewillt, mein Flitterwochen-Bett zu verlassen und andernorts zu schlafen.

Gestern Abend, als ich Dahlia singen hörte, änderte sich etwas für mich. Sie wurde realer. Ich sah die Verletzlichkeit eines Mädchens, das seine Leidenschaft bisher nicht verfolgen durfte, und wurde von dem unergründlichen Verlangen überwältigt, jeden ihrer Träume wahr werden zu lassen.

Doch warum nicht? Sie ist meine Ehefrau. Sollte ich mich nicht um das kümmern, was mir gehört?

Meine Rache ist bereits komplett. Die Hochzeit und die Überschreibung des Yachtunternehmens waren das Ende.

Was ich mit meiner Frau tue, gehört nicht dazu.

Nein, was ich – *wir* – jetzt haben, ist ein Anfang.

Ich hätte sie gestern Nacht beanspruchen können. Ich spürte, wie sie auf meinen Kuss reagierte. Bemerkte das Wunder ihres Blicks auf meinem Gesicht. Doch ausnahmsweise fühlte es sich nicht richtig an, den Vorteil zu nutzen.

Jetzt würde ich mir dafür am liebsten in den Hintern treten. Ich werde heute vermutlich an blauen Eiern sterben.

Ich lege meine Finger um ihre Hüfte.

Sie versteift sich. Sie hat immer noch Angst vor mir.

Ihre Knochen sind klein und meine Hände groß, weshalb ich die gesamte Breite ihres Beckens packen kann. Ich will sie wie einen Griff festhalten, während ich …

Ich hole tief Luft, als sich meine Finger anspannen. „Ich weiß, dass du wach bist, *Principessa*.“

Der seidige Stoff ihres Nachthemdes hilft nicht. Ich ziehe die Decke nach unten, um einen besseren Blick darauf zu erhaschen. Das Nachthemd ist wunderschön – eine seidige Hülle, die mit einer hauchzarten äußeren Stoffschicht bedeckt ist, die über ihre Gestalt gleitet und rutscht.

Ich liebe es, bis ich mich daran erinnere …

„Du hast das für ihn gekauft.“ Die Anschuldigung kommt als eifersüchtiges Knurren und viel barscher heraus, als ich beabsichtigt habe.

Dahlia dreht sich zu mir um. „Natürlich habe ich das getan", giftet sie.

Ich bemühe mich, langsam zu atmen und mich zu beruhigen, knurre stattdessen jedoch aufgewühlt.

„Hast du dich darauf gefreut, es für ihn zu tragen?", will ich wissen. „Hast du gehofft, dass es ihm gefallen würde?"

Ich brauche einen Moment, bis ich durch den Nebel meiner Eifersucht erkenne, dass Dahlias Augen in Tränen schwimmen, als sie sich aufsetzt und mich finster anschaut. „Ich habe getan, was ich tun musste."

Ich erhebe mich ebenfalls.

Sie springt vom Bett und reißt die Bettdecke mit sich, um sie sich um die Schultern zu wickeln. „Ich habe getan, was von mir erwartet wurde." Sie stapft zum Bad, bleibt jedoch in der Tür stehen und schaut mich an. „Das ist das Einzige, was ich jemals getan habe mit Ausnahme des einen Moments, in dem ich ein Risiko einging und einen gefährlichen Mann küsste, der mich seine Zigarette rauchen ließ und mit seinen Berührungen dafür sorgte, dass sich meine Zehen krümmten."

Sie betritt das Bad und knallt die Tür hinter sich zu.

Ich starre ihr hinterher, Stille kriecht durch meinen gesamten Körper und klebt mich ans Bett.

Ich verarbeite, was sie gerade enthüllt hat: Ich bin ihr einziger Fehler.

Das sorgt dafür, dass sich meine Zehen krümmen.

„Dahlia." Jetzt bin ich in Bewegung und gehe zum Bad.

Die Tür ist verriegelt, doch ich drehe das Schloss mit meinem Daumennagel und öffne die Tür.

Sie wendet sich mir zu, verschränkt die Arme vor ihren jugendhaften Brüsten und schiebt den Kiefer trotzig vor.

„Komm her." Ich breite meine Arme aus.

Sie mustert mich misstrauisch.

„Komm her, *Principessa*. Das war nicht fair. Natürlich hast du das Nachthemd für deinen Bürgermeister gekauft. Du wusstest nicht, dass du ihn nicht heiraten würdest."

Zu meinem Entsetzen blinzelt sie und zwei große Tränen kullern über ihre Wangen. Sie reckt das Kinn. „Ich habe es nicht für ihn gekauft. Ich habe es gekauft, weil man das von mir erwartete. Weil meine Mom sagte, dass ich es tun muss. Willst du mich damit fragen, ob ich ihn liebe? Ob er mir wichtig war? Warum fragst du mich das nicht?"

Ich knirsche mit den Backenzähnen. In ihrer Stimme liegt eine Herausforderung, auf die ich eingehen muss.

„Tust du es?", knurre ich mit zusammengepressten Zähnen.

Sie hält meinen Blick, während sie den Kopf schüttelt. „Nein." Ihre Stimme bricht ein wenig. „Falls du also gedacht hast, du könntest dich an mir rächen, indem du mir das Herz brichst, ist der Schuss nach hinten losgegangen."

Aw, fuck.

Ich habe vermutet, dass es keine Liebesehe war, dachte jedoch, ihr würde die Vorstellung gefallen, in eine mächtige politische Familie einzuheiraten. Ich dachte, sie wäre eine willige Teilnehmerin bei dieser transaktionalen Ehe gewesen.

Jetzt erkenne ich genau wie gestern Abend, dass Dahlia einfach nur ein hübsches Mädchen ist, das in einem Netz aus Erwartungen und Konventionen gefangen ist, die ihr nie wichtig waren. Deswegen hat sie mich an dem Abend ihres Debütantenballs aufgesucht. Deswegen hat sie gestern Abend gezittert, als ich ihr sagte, sie könnte singen.

„Es tut mir leid."

Sie ist bis jetzt nicht in meine ausgebreiteten Arme getreten, weshalb ich sie nun an mich ziehe, ihren Kopf an meine Brust drücke und diesen küsse.

Sie stemmt sich gegen meine Brust, um das Gesicht zu heben. „Was tut dir leid?" Ihr Gesichtsausdruck wirkt nach wie vor stur. Sie ist wütend auf mich, so wie sie auf jeden in ihrem Leben wütend ist, der ihr gesagt hat, was sie tun soll, und erwartet hat, dass sie sich seinem Willen beugt. Ich bin nicht besser als ihre Eltern. Ich habe ihr keine Wahl hinsichtlich ihrer Zukunft gelassen.

Reue durchbohrt meine Brust, doch ich schiebe sie beiseite.

Mein Plan wurde durchgeführt. Der Kurs lässt sich jetzt nicht mehr ändern. Dahlia gehört mir und ich werde sie nicht gehen lassen.

„Dass dein Leben nicht deines war."

Ihre Augen füllen sich erneut mit Tränen und sie blickt suchend in mein Gesicht. Ich lege eine Hand an ihre Wange und streichle mit dem Daumen über ihre weiche Haut.

„Dir tut es nicht leid", informiert sie mich. „Du willst bloß derjenige sein, der mich jetzt kontrolliert." Sie drängt sich an mir vorbei aus dem Bad und ich lasse sie gehen, denn sie hat recht.

„Ich *will* nicht derjenige sein, der dich kontrolliert", entgegne ich, als sie sich der Kommode zuwendet, um sich umzuziehen. „Ich *bin* derjenige, der dich kontrolliert."

Kapitel Acht

ahlia
Ich verbringe den Tag in einem Badeanzug auf dem Deck, wo ich mein Buch lese. Die Luft ist warm und mild. Wir haben definitiv die Gewässer New Englands verlassen. Ich bin zu stolz, um zu fragen, wo wir sind, da es eigentlich keine Rolle spielt. Antonio sagt, dass er mich nicht vom Schiff lässt, bis wir die Ehe vollzogen haben, weshalb ich vorhabe, auszuharren. *Jahrelang, wenn nötig.*

Das würde ihm recht geschehen.

Ich esse das Mittagessen allein auf dem Deck. Am Spätnachmittag entdecke ich Land. Zu meiner Überraschung setzen wir den Anker. Ich habe keine Ahnung, wo wir sind, dies könnte jedoch eine Gelegenheit sein, meinem Vater eine Nachricht zu schicken. Vielleicht kümmert sich Shawn, der Kapitän bereits um diesen Plan. Ich sollte versuchen, ihn noch einmal zu besuchen.

Ich lege das Lesezeichen in mein Buch, stehe von der Chaiselongue auf und versuche, mir einen Plan zu überlegen.

Antonio schlendert an meine Seite. „Zieh ein Kleid an, Darling. Ich führe dich zum Essen aus."

Mein Herz schlägt doppelt so schnell, als plötzlich Adrenalin meinen Körper flutet. Perfekt. Das könnte meine Gelegenheit zur Flucht sein.

Nein, vergiss das. Ich werde keinen Fluchtversuch unternehmen, bis ich mit meinem Vater gesprochen habe. Ich würde es hassen, das Todesurteil meiner Eltern zu unterschreiben, indem ich Antonio verärgere. Doch wenn es stimmt, was Shawn mir erzählt hat, arbeitet mein Vater bereits an einem Plan zu unserer Befreiung. Ich muss ihm wenigstens unseren Standort mitteilen. Noch besser wäre es, wenn ich mit ihm sprechen könnte.

„Na schön", sage ich, als wäre es eine lästige Pflicht, mit Antonio zu Abend zu essen, und keine Gelegenheit. Ich gehe an ihm vorbei zur Kabine, um mich anzuziehen.

Ich schlüpfe in ein weißes Minikleid und ein Paar hochhackiger Sandalen. Ich muss jede Ablenkung nutzen, die ich aufbieten kann. Meine gebräunten, langen Beine sehen genial aus, wenn ich das so sagen darf.

Dass Antonio bei meinem Erscheinen anerkennend grollt, sollte mich nicht so sehr zufriedenstellen, tut es jedoch. Ich genieße seinen begehrlichen Blick und schwinge die Hüften beim Laufen besonders stark. Dieser Mann macht meinen Körper lebendig. Er erregt mich, wie es Jake nie konnte. Wie es kein Mann jemals konnte.

Er nimmt meine Hand und wir klettern hinab in das Schnellboot, das auf uns wartet.

„Wo sind wir?", frage ich, als wir von Bord gehen.

„Miami."

Okay. Damit kann ich arbeiten.

„Oh gut, ich liebe kubanisches Essen." Ich entziehe

meine Hand seinem Griff und schüttle meine Haare aus, als ich losstolziere.

Zwei seiner Männer flankieren mich augenblicklich und ich zucke zusammen, da ich mich bedroht fühle.

„Tretet von meiner Frau zurück", knurrt Antonio.

Es schockiert mich dieses Mal nicht weniger als zuvor, dass er mich seine *Frau* nennt. Es ist, als würde mir der Mann jedes Mal einen Stromschlag verpassen, wenn er seinen Anspruch auf mich geltend macht. Und ich kann nicht behaupten, dass es mir vollkommen missfällt.

Die Männer lassen mir mehr Raum.

Ich warte darauf, dass Antonio wieder neben mir geht. Angesichts der Entscheidung, entweder zwischen ihm oder seinen Männern zu laufen, wähle ich lieber ihn. Außerdem soll er denken, dass er mich in der Hand hat, damit ich mich später davonstehlen kann. Ich werde in eine Toilette flüchten und ein Telefon organisieren. Irgendetwas.

Er legt eine Hand leicht in mein Kreuz und wir gehen die Promenade entlang. „Warst du schon einmal in Miami?"

„Nein", gestehe ich.

„Es ist bekannt für seine schwarzen Perlen. Interessieren die dich?"

Ich spüre Antonios Verlangen, mich zufriedenzustellen. Vielleicht schalte ich deswegen auf stur. „Nein."

Er zieht mich in einen der Läden. „Schauen wir sie uns trotzdem an."

Ein gut gekleideter Mann steht hinter dem Schaukasten. Er neigt den Kopf und begrüßt uns. „Muy buenas tardes."

„Buenas tardes." Ich betrachte den Schmuck in den gläsernen Schaukästen und bin mir bewusst, dass Antonios Aufmerksamkeit auf mir liegt. Ich bemerke die Intensität, mit der er mein Interesse beobachtet. Ich wage es noch nicht, nach einem Telefon oder Komplizen Ausschau zu halten.

„Zeigen Sie uns diese." Er deutet auf eine Halskette, über die mein Blick geglitten ist – eine einzige riesige Perle in einer Weißgoldfassung, die kunstvoll asymmetrisch geschwungen ist.

Sie ist atemberaubend.

Nicht konservativ oder vorhersehbar.

Ich hätte eine gewöhnliche Perlenkette gehasst. Ich trage schon mein ganzes Leben lang weiße Perlen. Jede Frau, die ich kenne, trägt weiße Perlen. Das Aussehen oder der Wert der Perlen sind mir vollkommen egal.

Bei dieser Kette verhält es sich jedoch anders.

Antonio deutet auf den Schaukasten und einen passenden Ring. „Zeigen Sie uns den Ring ebenfalls."

Der Geschäftsinhaber beeilt sich, ihn zu bedienen, holt die beiden Stücke hervor und legt mir die Halskette um, bevor ich protestieren kann. Er hält einen Spiegel hoch, damit ich mich bewundern kann.

Die Kette ist reizend. Regenbögen tanzen und funkeln in der schimmernden schwarz-silbernen Kugel.

Der Geschäftsinhaber versucht, mir den Ring an die rechte Hand zu stecken, doch Antonio nimmt ihn ihm ab, entfernt den Verlobungs- und Ehering, den mir Jake gekauft hat, und schiebt stattdessen den Perlenring auf meinen Finger.

Ich hasse es, dass er mir perfekt passt, denn ich will den Ring nicht so sehr lieben. Genauso wenig will ich eine derartige Befriedigung verspüren, weil Antonio den ersten Ring ersetzen möchte. Ich wollte mich an dieses Vergehen klammern und es nutzen, um meine Abneigung auf ihn zu schüren.

„Wir nehmen beides. Und diese Ohrringe." Antonio deutet auf ein Paar fünf Zentimeter langer hängender Ohrringe mit riesigen schwarzen Perlen an den Enden eines einzelnen Stäbchens aus Weißgold.

Er bezahlt eine unmenschliche Summe und ich trage die Perlen in den Ohrläppchen, als wir den Laden verlassen.

Sobald wir wieder auf der Promenade stehen, nimmt er meinen Kiefer, dreht meinen Kopf von einer Seite zur anderen und mustert mich so wie an unserem Hochzeitstag in der Limousine. „Sie stehen dir. Elegant, jedoch anders. Viel einzigartiger als die anderen Schmuckstücke."

Ich kämpfe gegen die Wärme an, die seine Worte in mir erzeugen. Ich kämpfe mit allem Widerstand, den ich aufbringen kann. „Soll ich mich etwa bei dir bedanken?"

Er lässt meinen Kiefer los. „Nein. Dass du den Schmuck trägst, ist Dank genug."

Ich gehe diese Worte immer wieder in meinem Kopf durch und frage mich, was sie bedeuten. Warum interessiert es ihn, ob ich sein Geschenk trage oder nicht? Was will er wirklich von mir?

Denn es fühlt sich an, als hätte sich das verändert.

Er ist nicht mehr nur auf Rache aus. Wenn das der Fall wäre, würde es ihn nicht interessieren, ob ich seinen Ring trage. Er würde mir keinen neuen Ring kaufen.

Nein, Antonio versucht, mich zufriedenzustellen.

Und obwohl ich es hasse, das zuzugeben, ... freut es mich.

Das ändert jedoch nichts an meinem Plan, heute Abend Kontakt zu meinem Vater aufzunehmen.

* * *

Antonio

Etwas Merkwürdiges ist geschehen.

Ich halte mich gerne in der Gegenwart meiner Ehefrau auf. Ja, sie sieht wunderschön aus, es geht allerdings um mehr. Ich höre gern ihre Stimme, sogar wenn sie angespannt und abwehrend ist. Ich beobachte gern ihr Gesicht. Ich sehe gern, dass sie sich zu mir hingezogen fühlt und meine Aufmerksamkeit genießt, auch wenn sie versucht, ihre Gefühle zu verbergen.

Wenn ich sie einige Runden gewinnen lasse, wird sie ihre Schutzschilde womöglich wieder senken. Möglicherweise haben wir eine Chance auf eine echte Ehe. Es ist nicht das, was ich wollte – oder erwartete – zumindest nicht bewusst. Diese Frau war jedoch von Anfang an der Mittelpunkt meines Racheplans. Sie war der Auslöser. Das Mädchen, für das ich angeblich nicht gut genug war und nicht verdiente.

Sie war diejenige, die ein Symbol für alles wurde, auf das ich wütend war. Ein schimmerndes, glänzendes Symbol. Etwas, was ich erbeuten, fangen und behalten musste.

Die sinnliche, rätselhafte Schönheit des Balls.

Der Preis.

Mein Preis. Was ich am Abend ihres Balls und jetzt tatsächlich verdiente.

Nein, vielleicht nicht jetzt. Denn ich habe mir ihre Zuneigung noch nicht verdient. Ich habe unfair gekämpft und gewonnen.

Nun ist möglicherweise die Zeit gekommen, meine Ehefrau tatsächlich zu umwerben. Herauszufinden, wie sie tickt. Wie ich sie zum Lächeln, Lachen und Singen bringen kann.

Und – ah, Gott – ihre Stimme! Wie die eines Engels.

Nachdem ich sie gestern Abend singen hörte, habe ich das Gefühl, als hätte ich einen Blick auf die echte Dahlia erhascht. Die verletzliche, talentierte Künstlerin, der es nie erlaubt war, ihr Talent auszudrücken.

Das weckt den Wunsch in mir, ihren Eltern die Hälse umzudrehen.

Außerdem bin ich jetzt entschlossen, sicherzustellen, dass sie alles tun darf, wovon sie geträumt hat.

Deswegen habe ich ein festliches Open-Air-Restaurant ausgesucht, wo eine lebhafte Band zeitgenössische englische Pop-Musik singt, anstatt mit Dahlia in ein teures, schickes Restaurant zu gehen, wie sie es gewohnt ist.

Amerikanische Touristen sitzen unter Palapas und trinken ihre fruchtigen Cocktails.

Ich bemerke, wie Neugierde Dahlias Anspannung überwältigt. Sie beobachtet die Band und die glücklichen, betrunkenen Touristen um uns herum, während der Kellner unsere Getränkebestellung aufnimmt.

Sie trinkt einen Bananen-Daiquiri und ich bestelle ihr noch einen. Ihre Laune bessert sich erheblich. Während wir ein einfaches, jedoch köstliches Fischgericht essen, rollt sie mit den Schultern, wippt mit dem Kopf zur Musik und lächelt der Band zu.

„Sie sind gut, oder?", frage ich.

„So gut."

„Singst du diese Art der Musik? Oder nur Opern?"

„Ich liebe diese Art der Musik. Ich singe alles. Hätten mir alle Möglichkeiten offen gestanden, wäre ich Broadway-Musicalstar geworden."

Mein Herz.

Sie hat auch noch ein Talent dafür. Was für eine Schande, dass ihre Eltern ihre Träume nicht unterstützt haben.

Als sie sich nach dem Abendessen entschuldigt, um auf die Toilette zu gehen, schicke ich einen meiner Männer mit, damit er sie im Auge behält, und unterhalte mich mit dem Leadsänger.

Die Leute sind jetzt auf den Beinen und tanzen, manche ziemlich wacklig, weil sie betrunken sind, andere mit etwas mehr Eleganz. Ich nehme Dahlias Hand, als sie zurückkehrt, und führe sie auf die Tanzfläche. Ihr Herz pocht schnell an ihrer Kehle.

Sie ist aufgeregt. Weil sie mit mir tanzen wird?

Mir kommt der Gedanke, dass dieses Mädchen vermutlich ein Leben ohne Spaß geführt hat. Ohne einmal loszulassen. Wir tanzen zu einigen Liedern und ich bestelle ihr noch einen Drink, lasse sie jedoch nicht von der Tanzfläche. Wir tanzen, bis ihr Gesicht gerötet ist und ihre Augen hell leuchten.

Dann führe ich sie auf die Bühne und teile dem Leadsänger mit, dass sie mit der Band auftreten wird.

„Was? Nein!" Dahlia versucht, kehrtzumachen und sich zurückzuziehen, doch ich schiebe sie sachte vor.

„Sie ist eine unglaubliche Sängerin", erkläre ich. „Sag ihnen, was sie spielen sollen, *Bella*, und sie werden es spielen." Vorhin habe ich dem Leadsänger ein Trinkgeld zugesteckt, um sicherzustellen, dass er sie gut behandelt.

„Ähm ..." Dahlia wirft mir einen Blick zu und ich zwinkere. „Können Sie ‚Be My Baby' spielen?"

Die Band beginnt mit der Melodie und Dahlia nimmt das Mikrophon, das ihr der Leadsänger anbietet. Sie singt.

Zehn Lieder später geht in dem Laden die Post ab und Dahlia ist der neue Star. Ich stehe dabei die ganze Zeit unterhalb der Bühne direkt vor ihr. Ich bin ihr größter Fan und Aufseher.

Ich stelle sicher, dass sie mit Wasser und Daiquiris

versorgt wird, und genieße ihr Talent. Ihre Selbstsicherheit. Ihre Haltung. Ihr Charisma.

Sie könnte ein Star sein. Sie sollte bereits einer sein.

Sie ist unglaublich.

Als sie zu lallen und zu schwanken beginnt, nehme ich ihre Hand, ziehe sie von der Bühne in meine Arme und trage sie davon, wobei ihre Füße über einen meiner Arme baumeln.

„Lass uns zurück zur Yacht gehen, *Amore*."

Sie schlingt ihre Arme um meinen Hals und küsst meine Schläfe. „Das hat Spaß gemacht."

„Ehrlich?"

„Danke schön."

Sie klingt aufrichtig und das stellt etwas Seltsames in meiner Brust an. Es zieht und zupft an meinem Herzen.

„Ich kümmere mich um das, was mir gehört", informiere ich sie.

Sie beißt mir ins Ohr. „Also gehöre ich dir?" Sie gleitet mit der Zunge um meine Ohrmuschel.

Mein Schwanz wird steinhart.

„Du gehörst definitiv mir."

Wäre ich ein echter Gentleman, würde ich ihre Zuneigung nicht ausnutzen, die vom Alkohol und dem Spaß ausgelöst wurde.

Allerdings bin ich kein Gentleman und sie ist meine Frau.

Ich habe mittlerweile seit drei Tagen blaue Eier. Ich bin niederträchtig genug, um meinen Vorteil auszunutzen. Wenn ich sie jetzt verführen und ihre Zustimmung gewinnen kann, wird mich nichts daran hindern, meine Ehefrau vollständig zu beanspruchen.

„Warum willst du mich überhaupt?", fragt sie betrunken. „Ich bin die Tochter deines Feindes. Solltest du nicht angewidert von mir sein?"

„Angewidert?" Ich lache freudlos. „Wohl kaum." Ich trage sie in das Beiboot und setze sie während der kurzen Fahrt zur Yacht auf meinen Schoß. „Du vergisst, wie ich ihn mir zum Feind gemacht habe."

Ihre Brüste befinden sich auf Höhe meiner Augen. Ich öffne den Mund und beiße sie durch den Stoff ihres Kleides hindurch.

Sie wimmert und windet sich auf meinem Schoß. Ich verändere meinen Biss und umschließe nur noch ihren Nippel, an dem ich durch ihre Kleider hindurch knabbere.

„Du hast dich zu mir hingezogen gefühlt", sagt sie voller Verwunderung, als wäre ihr der Gedanke noch nie gekommen.

Ich schätze, ich hatte es selbst vergessen – die Konsequenzen hatten das ursprüngliche Erlebnis ausgemerzt. Mein Leben wurde von einem Kuss und ein wenig Fummeln ruiniert.

„Mmm hmm." Mit dem Daumen streichle ich über ihre Kehle. „Du bist eine wunderschöne Frau. New York Aristokratie. Du solltest für einen Kerl wie mich außer Reichweite sein, doch du hast dich auf mich gestürzt, als hättest du etwas gesehen, was du wolltest."

Dahlia dreht sich auf meinem Schoß und schockiert mich, indem sie sich rittlings auf meine Taille setzt. Ich bezweifle, dass sie das tut, damit sie sich an mir reiben kann – sie will mir vermutlich nur ins Gesicht blicken – das hält mich allerdings nicht davon ab, ihre Mitte über meinen harten Schwanz zu ziehen.

Sie beginnt sofort, sich auf diesem zu wiegen. Ich bezweifle, dass sie überhaupt weiß, was sie tut, ihr Körper versteht jedoch genau, was los ist.

„Ich *wollte* dich", gesteht sie. „Du hattest sogar damals etwas Mächtiges an dir."

„Obwohl ich nur der Kellner auf deinem Ball war?" Ich sollte nicht so fies sein. Nicht, wenn sich ihre Titten in meinem Gesicht befinden und ihre heiße Mitte über meinen Schwanz reibt.

Sie küsst mich. Es ist ein unbeholfener, stürmischer Kuss und ihr Eifer lässt mich alles vergessen abgesehen davon, wie sich ihr Körper an meinem anfühlt. Außer dem Verlangen, ihr Wonne zu bereiten und im Gegenzug Wonne zu erhalten. Ich umfasse die Seite ihres Gesichts und erwidere den Kuss, lasse meine Zunge in ihren Mund gleiten und übernehme die Kontrolle.

Sie wackelt mit ihrem süßen Hintern und kreist mit den Hüften auf meinem Schoß. Ich krümme meine Finger um ihre Pobacken und helfe ihr, einen Rhythmus zu finden. Als das Boot die Yacht erreicht, ist sie atemlos und erregt.

Ich verliere keine Zeit und hebe sie zur Leiter, um an Bord zu klettern.

Sie torkelt bereits zu unserer Kabine, als ich sie einhole und wieder in meine Arme hebe, um sie den Rest des Weges zu tragen. Ich trete die Tür zu, stelle Dahlia auf die Füße und öffne den Reißverschluss ihres Kleides, während ich ihre geschwollenen Lippen küsse.

Sie stöhnt leise in meinen Mund und ihre Hände gleiten über meine Brust. Sie öffnet einen der Knöpfe an meinem Hemd und ich ziehe ihr das Kleid über den Kopf.

„Du hast mich nicht vergessen." Ich weiß nicht, warum ich das frage. Warum es mir wichtig ist, zu wissen, dass sie nicht jeden verdammten Kellner auf jedem verdammten Ball geküsst hat, an dem sie teilgenommen hat.

„Ich habe dich nie vergessen."

Ich öffne ihren BH und ziehe die Träger nach unten, bis sie über ihre Arme rutschen und zu Boden fallen. „Wolltest du mehr, als du an jenem Abend erhalten hast?" Mit dem Daumen streiche ich leicht über ihren harten Nippel. Eine Hand liegt noch in ihrem Nacken, damit ich ihr Gesicht zu meinen Küssen neigen kann. Ich gebe ihr keine Gelegenheit, die Leidenschaft abkühlen zu lassen oder nervös zu werden.

„Ja", haucht sie.

„Was hättest du mir gegeben, wenn ich dich gedrängt hätte?" Ich umfasse ihren Busen und drücke zu, während ich sie rückwärts zum Bett treibe.

Sie wimmert vor Lust.

„Hmm?" Ich packe jetzt ihren Hintern.

„I-ich weiß es nicht." Mittlerweile hat sie die Hälfte der Knöpfe an meinem Hemd geöffnet. Daher reiße ich es mir vom Körper, wodurch die restlichen Knöpfe abfallen. Ihre Fingernägel kratzen über meine haarige Brust.

Ich drücke sie aufs Bett und falle auf sie. Sie spreizt ihre Schenkel und erlaubt mir, mit meinem Schwanz über die Stelle zwischen ihren Beinen zu reiben. Sie stöhnt in Reaktion auf die Empfindung.

„Hättest du mir erlaubt, dich hier zu berühren?" Ich schiebe meine Hand zwischen unsere Körper in ihr Höschen und meine Fingerspitzen teilen sie.

Sie schreit in dem Moment auf, in dem ich ihren Kitzler berühre.

Ihre Schenkel heben sich, schließen sich um meine Hüften und ziehen mich an sie. „Gott, ja!"

Ich gluckse und bin mir nicht sicher, ob das Ja für das ist, was ich jetzt tue, oder für das, was sie mich damals hätte tun lassen. Es spielt keine Rolle. Ich presse auf ihren Kitzler und massiere ihn in einem langsamen Kreis. Ihre Haut ist gerötet und ihre Augenlider flattern, als ihre Hände meine Schultern hoch und runter wandern.

Ich lasse meinen Zeigefinger tiefer wandern und krümme ihn in ihr. Sie stöhnt leise, ihr hübscher Mund klappt auf und bleibt so.

Ich verteile Küsse an ihrem Kiefer und auf ihrem Hals.

„Ich habe danach von dir fantasiert."

Aw, fuck. Ich kann das nicht fassen.

„Yeah? Was habe ich in diesen Fantasien getan?" Ich füge einen zweiten Finger hinzu und dehne ihren engen Eingang, um sie auf mich vorzubereiten. „Das hier?"

Sie schüttelt den Kopf. „Ja. Aber das hier ist besser. Ich hatte keine Ahnung."

Ich bewege sachte meine Finger in ihr. „Wusstest du nicht, dass es sich so gut anfühlen würde?"

Sie beißt auf ihre Unterlippe und schüttelt den Kopf. „Nein." Die Silbe klingt verzweifelt, als wäre sie bereits nahe an einem Orgasmus.

Ich will allerdings nicht, dass sie dieses Mal ohne mich kommt. Ich sehne mich danach, mit ihr zu kommen und uns gleichzeitig zum Gipfel zu bringen.

Ich öffne meine Hose und befreie meine Erektion.

Dahlia stemmt sich auf ihre Ellenbogen und starrt mein Glied an. Sie sieht nicht verängstigt aus, sondern eher ... fasziniert.

„Du hast noch nie etwas so Gutes gespürt", verspreche ich ihr und ziehe die Spitze durch ihre Säfte. „Möchtest du zuschauen?" Ich packe ein Kissen und schiebe es unter ihre Schultern und ihren Kopf, sodass sie ihren Hals nicht so strapazieren muss. „Du kannst zuschauen, wie ich dich ficke."

Ich schiebe meinen Schwanz zwischen ihre Beine, lasse

mir Zeit und nutze ihre natürlichen Säfte, um sie für mich zu dehnen und zu öffnen.

Sie spannt sich an, als ich vordringe, weshalb ich mich zurückziehe.

„Hier." Ich nehme ihre Hand und lege sie um meine Schwanzwurzel. „Du kontrollierst es."

Ihr Blick fliegt zu meinem Gesicht und zurück zu meinem Schwanz.

„Führ ihn in dich ein, Prinzessin."

Sie zieht sachte und ich folge ihr, dringe in ihrem Tempo in sie und ziehe mich zurück, wenn sie mich dazu anleitet. Mühelos und natürlich dringe ich vollständig in sie. Ihr enger Kanal ist für mich geöffnet und glitschig.

Das Siegesgefühl, das ich verspüre, gilt nicht der Tatsache, dass wir die Ehe vollziehen oder ich meinen Rachesex erhalte.

Es geht um das Vertrauen, das gerade zwischen uns herrscht. Die Intimität. Das Gefühl, dass wir beide im gleichen Team sind. In diesem Moment besitze ich Dahlia nicht; sie besitzt mich. Ich würde alles tun, um sicherzustellen, dass dieses Erlebnis gut für sie ist.

Ich lege einen Arm um ihren Rücken und rolle uns herum, sodass sie oben ist. „Setz dich rittlings auf mich", raune ich.

Sie gehorcht und stößt sich von meiner Brust ab, um sich aufzurichten und mich zu reiten. Ich packe ihre Hüften, um ihr zu zeigen, wie sie sich bewegen soll, bevor ich sie loslasse und ihren Hintern tätschle. „Du solltest übernehmen. Zeig mir, was sich gut für dich anfühlt."

Ich sehe Verwirrung auf ihrem Gesicht. „Für mich?"

Ich nicke und zeige es ihr erneut. „Wie gefällt es dir? Kannst du dich auf diese Weise selbst befriedigen?"

„Kann ich ...?" Sie beißt sich wieder auf die Lippe und

beginnt, sich auf mir zu reiben. „Oh!" Ihre Miene lustvoller Überraschung raubt mir den Atem. Ihre Hände sinken auf meine Schultern und sie beschleunigt das Tempo. „*Oh.*" Sie verlagert ihre Hände zu dem Kopfteil und nutzt es, um ihren Körper auf meinen zu drücken und wieder zu heben. Ihre Bewegungen werden immer schneller und ihr Atem wird ein wildes Keuchen.

Ich wette, ich könnte sie nur mit einer Berührung ihres Kitzlers zum Kommen bringen, schüttle jedoch den Kopf. „Noch nicht, *Principessa.*"

Sie hört plötzlich auf und starrt mich mit großen Augen an, als hätte sie etwas falsch gemacht.

„Dieses Mal will ich mit dir kommen."

Ich drehe sie wieder auf den Rücken. „Wirst du mit mir kommen?"

Sie blickt mir in die Augen und nickt.

„Braves Mädchen." Ich bewege mich zunächst langsam in ihr. Sie ist jetzt klatschnass, wodurch es einfach für mich ist, rein und raus zu gleiten. „Du bist so feucht, Baby. Dir hat es gefallen, meinen Schwanz zu reiten, oder?"

„Antonio."

Meinen Namen von ihren Lippen zu hören, stellt wilde Dinge mit meinem Herzen an. Erneut gehöre ich ihr. Ich will alles in meiner Macht Stehende tun, um sie jeden verdammten Tag meines Lebens meinen Namen keuchen zu hören.

Ich beschleunige das Tempo und sie beginnt, meinen Namen zu skandieren.

Das hier.

Das hier ist es, was ich mein ganzes Leben lang vermisst habe.

Ich war mit Frauen zusammen. Mit vielen Frauen. Das

hier ist jedoch anders. Dahlia ist meine Frau. Und das nicht als ein Symbol oder eine Eroberung. Hier geht es nicht darum, dass ich mit dem Liebling der Reichen und Schönen schlafe.

Fuck.

Ging es bei dieser Rache nur darum, das Mädchen zu erhalten?

War an diesem Kuss etwas Besonderes gewesen? An dem Treffen?

Waren wir zwei Seelen, denen es bestimmt war, in diesem Leben zueinanderzufinden? Hatte ich sie damals schon erkannt?

Ich glaube ja.

Mit dieser Erkenntnis verliere ich sämtliche Kontrolle, hämmere mich hart in sie und vergesse, vorsichtig zu sein. Ich packe das Kopfteil des Bettes und ramme mich immer wieder in sie, bis sich meine Eier entleeren.

Ich schreie, als ich komme, und Dahlia schlingt ihre Beine um meinen Rücken und drückt mich an sich. Ich bin blind und sehe kurz nur Feuerwerke vor einem schwarzen Hintergrund, als ich in ihr komme.

„Dahlia." Ich erinnere mich an sie und kehre in die Realität zurück schockiert von der Erkenntnis, dass ich grob mit ihr umgegangen bin – schrecklich grob dafür, dass sie eine unberührte Jungfrau ist.

Ihre Augen sind zusammengekniffen.

Ich greife zwischen uns und massiere ihren Kitzler, woraufhin sich ihre Muskeln um meinen Schwanz herum verkrampfen.

Sie schreit auf und biegt sich mir entgegen. „Oh mein Gott!"

„Das ist es, *Principessa*. Du kommst ebenfalls."

„Oh Gott." Sie zuckt weiterhin um meinen Schwanz

herum und drückt ihn, wodurch sie mir noch einen Höhepunkt entlockt. „So gut."

Fuck sei Dank.

Ich drehe uns auf die Seite, schlinge meine Arme um sie und küsse ihre Stirn, Nase und Lippen. „War das gut, süßes Mädchen?"

„Mmm hmm."

Ich streichle ihren Rücken und genieße es, ihre weiche Haut zu spüren, dass sie sich an mich schmiegt und sich von mir halten lässt.

Zum ersten Mal seit Jahren beruhigt sich etwas in mir.

Ich komme zur Ruhe.

Dahlia ist mein. Ihr Herz gehört mir womöglich noch nicht, ihr Körper jedoch schon.

Der Rest wird folgen.

Kapitel Neun

Dahlia

Ich wache in Antonios Armen auf. Mir ist warm und ich bin befriedigt. Ich bin auch wund, allerdings auf gute Weise.

Als ich mich bewege, spannen sich Antonios Arme um mich herum an und er küsst meinen Hinterkopf.

Ich hatte nicht vor, Sex mit ihm zu haben.

Oh, wem will ich etwas vormachen? Ich wollte es. Ich wollte es seit dem Abend meines Debütantenballs. Jedes Mal, wenn ich über Sex nachdachte, stellte ich mir Antonio vor.

Und es war so viel besser, als ich es mir ausgemalt hatte. So befriedigend. So süchtig machend.

Ich will definitiv mehr.

Der Teil, den ich jedoch nie auch nur in Erwägung gezogen habe, ist dieser:

Gehalten zu werden. Gestreichelt zu werden. Geflüsterte Worte zwischen sanften Küssen zu hören.

Antonios Zuneigung macht mir Angst. Sie fühlt sich so gut an. Es ist genau das, was ich mein ganzes Leben lang gebraucht habe. Und jetzt, da ich diese Art der Aufmerksamkeit kenne, will ich sie nie wieder verlieren.

Letzte Nacht, als ich ins Bad gegangen bin, konnte ich dem Restaurantbesitzer eine Nachricht zustecken. Ich versprach ihm, mein Vater würde ihn großzügig entlohnen, wenn er die Nummer anrufen und ihm erzählen würde, dass ich dort war.

Ob das tatsächlich geschehen wird oder nicht, weiß ich nicht, aber bei dem Gedanken daran verknotet sich mein Magen.

Vielleicht wird er nicht anrufen. Er wird den Zettel vermutlich wegwerfen und die Augen über die dumme Amerikanerin verdrehen.

Ich hoffe es.

Heute Morgen wird mir bei der Vorstellung übel, mein Vater könnte erscheinen und mich retten. Vor allem, weil ich weiß, dass es bedeuten würde, dass er Antonio etwas Schreckliches antut.

Es fühlt sich tollkühn an, zu glauben, dass uns der Sex irgendwie verändert hat, doch das hat er getan. Oder vielleicht war es nicht der Sex. Vielleicht war der Sex das Ergebnis der Dinge, die sich zwischen uns geändert haben. Antonio hat mir gestern Abend das Gefühl gegeben, besonders und geliebt zu sein. Die Art und Weise, wie er mich beim Singen beobachtete, erfüllte mich. Sie füllte eine Spalte in meiner zerbrochenen Seele. Jeden einzelnen Riss, der entstanden war, als ich in meiner Kindheit und Jugend dafür zurückgewiesen worden war, dass ich selbst war. Als es mir nicht erlaubt war, meine eigenen Gefühle zu haben, mein Leben selbst zu bestimmen und meine eigenen Sehnsüchte zu haben. All diese Risse, Höhlen und Spalten wurden von Antonios bewunderndem Blick gefüllt.

Dass er mich als die akzeptiert, die ich bin, und die

abgelehnten Teile von mir fördert – die wilde, rebellische Seite, die Künstlerin, die sich danach sehnt, aufzutreten – hat mich irgendwie verändert. Ich fühle mich heute mehr wie eine ganze Person als jemals in meinem Leben. Es ist, als wären meine zerbrochenen, zersplitterten Teile wieder zusammengeklebt worden.

Und dann war da noch der Sex. Ich liebte ihn. Nicht nur, wie er sich in meinem Körper anfühlte, sondern es gefiel mir auch, zu beobachten, was mit Antonio geschah, als er seinen Höhepunkt erreichte. Ich liebte es, ihn außer Kontrolle, verzweifelt und bedürftig zu sehen und im Anschluss seine gewaltige Dankbarkeit zu spüren.

Also ja, zwischen uns hat sich alles verändert. Wir sind nicht mehr dieselben Leute, die gestern die *Honeymoon* verlassen haben.

Ich könnte bereits mit Antonios Kind schwanger sein. Bei diesem Gedanken durchfährt mich ein Anflug von Furcht.

Wie wird das hier enden? Falls mein Vater kommt, um mich zu retten, und Antonio der Vater meines Kindes ist – was wird dann aus mir? Ich bin jetzt Antonios Frau. Falls ich sein Kind bekomme, sollte ich bei ihm bleiben.

Ich kann die Befriedigung nicht leugnen, die diese Vorstellung in mir hervorruft. Die Umstände würden mich womöglich dazu zwingen, bei Antonio zu bleiben und ein Kind mit ihm großzuziehen. Wäre er ein guter Vater? Besser als meiner? Gestern Abend sah ich etwas, was mir verrät, dass er ein guter Vater wäre. Er tat mir einen Gefallen, förderte mich und überließ mir bei meinem ersten Mal sogar die Kontrolle. Er zwang sich mir nicht auf. Er fragte nicht einmal, ob es mir gut ging, sondern stellte einfach sicher, dass es so war. Er wusste genau, was er tun musste, um dafür zu sorgen, dass es für mich gut war. Und ich liebe ihn dafür.

Oh Gott, habe ich gerade das Wort *Liebe* gedacht? Ich kann Antonio nicht lieben! Er ist mein Entführer. Der Feind meines Vaters.

Doch was, wenn wir wirklich nur in einer verrückten Version von *Romeo und Julia* stecken? Zwei Liebende aus verfeindeten Familien, denen es bestimmt ist, zusammen zu sein.

Antonio knabbert an meinem Hals.

Gestern Abend habe ich mir nicht die Zähne geputzt und mein Mund fühlt sich an, als wäre er voller Watte. Ich strample die Bettdecke von meinen Beinen und versuche, sie aus dem Bett zu schwingen. Antonio packt mich und zieht mich ins Bett zurück.

„Wohin denkst du, dass du gehst?" Er fixiert mich und ragt über mir auf, um mir einen Kuss zu geben.

Ich wende das Gesicht ab. „Ich habe Mundgeruch!"

„Ist mir egal."

Ihm ist es eindeutig egal, denn er küsst mich voll auf den Mund, taucht mit der Zunge zwischen meine Lippen und zeigt mir, dass unsere Münder einer sind und wir unseren Atem teilen. Als er zurückweicht, greift er nach einem Glas Wasser neben dem Bett, hebt meinen Kopf von der Matratze und hält es an meine Lippen.

„Wie fühlst du dich heute Morgen?"

Ich leere das Wasserglas und er gluckst. „Hast du einen kleinen Kater? Ich hatte gehofft, dass ich dich letzte Nacht lang genug wachgehalten habe, damit der Alkohol verarbeitet wird."

Mein Körper wird bei der Erinnerung daran heiß, wie er mich wachgehalten hat. „Das hast du getan. Ich meine, mir geht's gut. Richtig gut. Ich muss nur meine Zähne putzen."

„Okay, ich schätze, das ist erlaubt." Sein Lächeln offenbart Grübchen, von denen ich noch nicht genug gesehen habe. Er lässt mich los. „Aber komm gleich im Anschluss zurück ins Bett."

Ich steige aus dem Bett und bin überrascht davon, dass mir meine Nacktheit nicht peinlich ist. Ich spüre, dass Antonio meinen Körper bewundert, was mich von innen heraus wärmt. Er will mich wieder im Bett haben. Was hat er im Sinn? Ich bin mir nicht sicher, ob ich mich ihm in seinem nackten Zustand am helllichten Tag ohne Alkohol stellen kann.

Nein, das stimmt nicht. Während ich die Toilette benutze und meine Zähne putze, hämmert mein Herz erwartungsvoll. Ich kann es nicht erwarten, wieder ins Bett zu steigen und seine Hände erneut auf meiner Haut zu spüren. Es ist, als wüsste mein Körper, wohin er gehört, nämlich neben seinen.

Ich verlasse das Bad und entdecke ihn im Bett, wo er am Kopfteil lehnt und wie ein römischer Gott aussieht. Er schlägt die Decke zurück und streckt seine Arme nach mir aus. „Komm her."

Als ich gehorche, zieht er mich an sich und streichelt mit der Hand über meine Seite. „Bist du wund, *Principessa?*" Seine Finger wandern zwischen meine Schenkel – eine leichte Berührung, die nicht ganz meine Mitte erreicht.

„Ein wenig", gestehe ich.

Er findet den Beweis seiner getrockneten Essenz an meinem Innenschenkel und grollt zustimmend. „Du hast mich nicht abgewaschen."

Ich erröte. Hätte ich das tun sollen? Das sind die Dinge, über die ich nichts weiß.

„Das gefällt mir. Wasch mich nie ab", befiehlt er. „Das ist eine neue Regel."

„Ich folge deinen Regeln nicht." Ich sage das leichthin – es steckt kein Gift in den Worten. Ich will einfach nur, dass er weiß, dass ich mich weiterhin wehren werde. Ich habe ihm zwar erlaubt, die Ehe zu vollziehen, das bedeutet allerdings nicht, dass er das Sagen über mich hat oder dass ich dieser Ehe zugestimmt habe.

Seine Mundwinkel heben sich. „Das liegt daran, dass dir die Konsequenzen deines Ungehorsams gefallen." Er rollt mich auf den Rücken, klettert über mich und weicht zurück, bis sich sein Kopf über meinem Becken befindet.

Meine Mitte zieht sich erwartungsvoll zusammen.

„Öffne deine Schenkel, Dahlia. Dieses Mal wird es eine Belohnung sein."

Das muss er mir nicht zweimal sagen. Ich lasse meine Knie aufklappen und Antonio senkt den Kopf zwischen meine Beine.

Mein Bauch erbebt beim Einatmen. Antonio lässt seine Zunge über meine Spalte gleiten und teilt mich.

„Oh, *Gott*." Es fühlt sich so gut an.

Noch besser als beim letzten Mal. Es ist, als würde mein Körper umso empfänglicher werden, je mehr Antonio mich berührt und mir Lust bereitet. Ich bin jetzt bereit für ihn und werde bei der kleinsten Provokation zum Höhepunkt kommen.

Und er provoziert mich.

Antonio wirbelt mit der Zunge über meinen Kitzler und leckt ihn. Er saugt an ihm, reizt ihn und bearbeitet die kleine Perle sogar mit seinen Zähnen.

Ich keuche und mein Becken schießt von der Matratze wegen der köstlichen Empfindung.

„Gefällt dir das, *Bella*?"

„Uhn." Ich gebe eine unverständliche Silbe von mir, irgendetwas zwischen einem Stöhnen und einem Schrei. Es fühlt sich so gut an. Ich will alles. Alles, was er gestern Nacht mit mir gemacht hat, und mehr.

Er umfasst meinen Hintern, hebt mein Becken hoch und neigt es stärker zu seinem Mund. Sein ganzer Mund verdeckt meine Mitte, während er mit seiner geschickten Zunge an mir leckt und mich penetriert.

Ich vergrabe meine Finger in seinen Haaren und ziehe zunehmend verzweifelt daran.

„Musst du kommen, Baby?" Er schiebt einen Finger in mich.

Ich zapple auf seinem Finger. Mein Eingang ist ein wenig wund, doch es ist mir egal. Die Empfindung ist unglaublich. Ich brauche sie. Ich bin feucht und glitschig und sein Finger fühlt sich zu klein an.

„Ich will ..."

„Was willst du, *Principessa*?"

„Ich will dich."

Antonios Grinsen ist verrucht. „Sag es. Sag, *Ich brauche deinen Schwanz, Antonio*."

„Ich brauche deinen Schwanz, Antonio."

Mehr braucht es nicht. Im Nu ist mein Ehemann über mir und führt sein Glied an meinen Eingang. Die Befriedigung, die ich empfinde, als er in mich dringt, kann nicht benannt werden. Kann nicht beschrieben werden.

Es ist einfach dieses Gefühl der *Richtigkeit*. Unsere Körper gehören zusammen.

Ich greife nach seinen Schultern und klammere mich

an ihn, während er sich langsam rein und raus bewegt und mein Gesicht unablässig beobachtet.

Ich erinnere mich daran, wie wundervoll es gestern Nacht war, ihn beim Kommen zu beobachten, weshalb ich zustimmend stöhne. Ich versuche, ihn dazu zu bringen, nicht mehr auf mich zu achten und sich selbst zu verlieren.

Antonio packt meine Kehle und hält mich fest, während er sich mit mehr Kraft in mich treibt.

Es gut weh, jedoch auf gute Weise. Eine befriedigende Weise. Definitiv auf eine *Ich-will-mehr*-Weise.

Ich werde lauter, jetzt nicht mehr um Antonios willen, sondern weil ich mich selbst in den Fängen der Leidenschaft befinde. Es fühlt sich so gut an, wie er sich in mir bewegt und versucht, meine Lust seiner anzupassen.

Antonios Atem geht immer schwerer und sein Gesicht erschlafft über mir. „Dahlia", knurrt er.

Mehr brauche ich nicht. Nur mein Name gesprochen in seiner tiefen Stimme bringt mich zum Kommen. Ich verkrampfe mich um ihn herum und verschränke meine Knöchel in seinem Rücken, um ihn zu mir zu ziehen.

„Warte ... *fuck*", keucht er und rammt sich weiterhin in mich. „*Jetzt.*" Er dringt tief in mich, verharrt so und füllt mich mit seinem heißen Samen.

Mein Körper versteht seinen Befehl, denn der Orgasmus, der durch mich fegt, ist mit nichts zu vergleichen, was ich zuvor erlebt habe. Meine inneren Muskeln ziehen sich um ihn herum zusammen und lockern sich wieder. Meine Innenschenkel pressen sich fest an seine Hüften. Ich beiße in seinen Hals, sauge an seinem Ohrläppchen, keuche und schreie und wimmere, während unsere Körper gemeinsam Erfüllung finden.

„Oh, Baby." Antonio keucht an meinem Hals. Er hebt

den Kopf und packt meinen Kiefer auf seine dominante Art. „Du warst unglaublich. So gut, Baby. Geht es dir gut?"

Ich nicke in seinem Griff.

„War ich zu grob? Ich weiß, dass du dich noch an mich gewöhnst."

„Es hat mir gefallen."

Sein Lächeln sorgt dafür, dass Schmetterlinge durch meinen Bauch flattern. „Natürlich hat es das." Er sagt das mit so viel Stolz, dass ich aufbreche und etwas, was seit einer Ewigkeit eingesperrt war, herausrollt. Er senkt den Kopf und küsst mich hart. Ich empfange ihn und genieße dieses neue Band, das wir geschmiedet haben – was immer es sein mag.

Allerdings erhalte ich keine Gelegenheit, es weiter zu erkunden, denn in diesem Augenblick fliegt die Tür auf und zwei Männer in Tarnanzügen platzen mit Maschinengewehren in die Kabine.

Kapitel Zehn

Antonio

Ich werfe meinen Körper vor Dahlias, um sie vor den Eindringlingen zu schützen, und greife gleichzeitig nach meiner Pistole neben dem Bett.

„Nicht schießen!", brüllt eine Stimme über Deck. „Meine Tochter ist dort drin!"

Aw, *fuck*.

Benedict King hat anscheinend einen Todeswunsch.

Ich deute mit der Pistole zwischen den beiden Männern hin und her. Sie sind vermutlich Söldner –

ehemalige Mitglieder des US-Militärs. „Wenn ihr auf mich schießt, riskiert ihr auch ihr Leben."

„Dahlia, geh von ihm weg!", knurrt einer der Männer.

Es braucht nicht mehr als ihren Namen, der über seine Lippen kommt, damit ich explodiere. Ich erschieße ihn, dann den anderen Kerl in weniger als einer Sekunde.

Dahlia schreit aus Leibeskräften.

Ich springe vom Bett auf und renne zur Tür.

„Dahlia!", ruft ihr Vater auf dem Deck.

„Nicht schießen!", schreit sie.

Ich bin mir nicht sicher, ob sie ihn oder mich darum anfleht.

Ich stürme hinaus und die Treppe hoch zum Deck und sofort wird vom Sonnendeck auf mich geschossen. Ich schlüpfe zurück in den Korridor und spähe in die Richtung, aus der die Schüsse kamen.

Ich sehe einen meiner Männer über der Reling baumeln. Blut strömt aus einem Kopf. Ein anderer meiner Soldaten liegt auf dem Deck.

Fanculo.

Mit der Pistole ziele ich auf das Sonnendeck und verlagere langsam mein Gewicht, bis ich mich weit genug vorgelehnt habe, um zu zielen. Eine Kugel schlägt direkt neben meinem Kopf in der Wand ein, doch meine findet ihr Zuhause in einem anderen Söldner.

Ich höre Rufe auf Italienisch und weitere Schüsse. Einige meiner Männer sind also noch am Leben.

„Dahlia?"

Ich entdecke Benedict, der sich hinter zwei seiner Söldner versteckt. Er hat eine Pistole in der Hand, hält sie jedoch unbeholfen fest. Er wird sich vermutlich in den Fuß schießen, bevor er mich trifft. Ich erschieße die zwei Männer, die ihn bewachen.

„Nein!", kreischt Dahlia. Sie ist in einen Bademantel geschlüpft und kommt hinter mir die Treppe hoch.

„Geh zurück in die Kabine", knurre ich. „Hier draußen ist es nicht sicher."

„Dahlia!"

Meine Aufmerksamkeit wird von Benedict auf drei seiner Männer gelenkt, die um die Ecke biegen. Ich schütze Dahlias Körper mit meinem und schalte die drei aus.

Ehe ich mich versehe, ist Dahlia an mir vorbeigehuscht und rennt zu ihrem Vater. „Daddy! Du hast meine Nachricht erhalten!"

Das Schiff dreht sich. Oder vielleicht drehe ich mich. Etwas dreht sich, verdammt nochmal.

Dahlia hat ihrem Vater gestern Abend eine Nachricht geschickt. So hat er uns hier gefunden.

Verrat durchbohrt mein Herz und entzündet einen alten Zorn. Mein altes Verlangen nach Rache. Ja, ich bin ein Rohling, ein echtes Monster, aber die Kings haben mich dazu gemacht.

Ich hebe meine Pistole und ziele damit auf Benedicts Kopf. Ich bin ein exzellenter Schütze. Bisher hat keine meiner Kugeln ihr Ziel verfehlt. Ein Zucken meines Fingers und er wäre tot.

Er eilt mit Dahlia zur Reling und deutet über die Seite. Dort muss ein Motorboot neben unserem warten. Wie er dem Schiff so nahe kommen konnte, ohne dass meine Männer es entdeckt haben, ist mir unbegreiflich.

Ich folge ihnen mit ausgestrecktem Schussarm. Benedicts Kopf befindet sich in meinem Sichtfeld.

Meine Ehefrau – die Frau, die ich gerade vor Lust habe schreien lassen – hat ein Bein über die Reling geschwungen. Sie blickt zu mir zurück und ihre Augen werden groß vor Entsetzen. „Nein!" In ihrem Schrei liegt so viel Panik, dass ich die Hand hebe und zum Himmel anstatt auf ihren Vater deute. „Bitte, Antonio ..."

Sie kann ihre Bitte nicht beenden, denn ihr Vater schießt blindwütig auf mich.

Mittlerweile habe ich sie erreicht.

Benedict schubst Dahlia über die Reling und wir stehen beide einen Augenblick da und spähen über die Seite auf ihren zappelnden Körper, der nach unten fällt.

Ich halte die Luft an, da ich Angst habe, dass sie sich an dem Boot darunter den Kopf aufschlagen könnte, doch sie verfehlt es und platscht ins Wasser.

Ich schlage mit der Hand auf Benedicts Handgelenk, wodurch er die Pistole verliert. Sie feuert wild, als sie auf das Deck fällt und von uns wegrutscht. Ich presse meine Pistole an seine Schläfe.

„Antonio!"

Dass meine Frau meinen Namen ruft, sorgt dafür, dass etwas tief in mir vor Erkenntnis erschaudert. Trotz ihres Verrats ist es noch da – mein Verlangen, sie zu befriedigen und glücklich zu machen.

Ich reiße meinen Blick von ihrem Vater los und spähe über die Reling. Sie schwimmt neben dem Boot und hat einen Arm über dessen Seite geworfen, um sich über Wasser zu halten.

Sie fängt meinen Blick auf. „Antonio, nein. *Bitte.*"

Sie fleht mich an.

Wie ich es mir gewünscht habe.

Wie ich es vorhergesagt habe.

Doch nicht aus dem Grund, auf den ich gehofft hatte.

Fanculo.

Ich bohre die Pistole in Benedicts Fleisch. „Spring", knurre ich.

Er beeilt sich, mir zu gehorchen.

„Spring", wiederhole ich. „Wenn ich dich noch einmal sehe, bist du ein toter Mann."

Er kippt über die Seite, stößt sich dabei an der unteren Reling etwas an und bricht sich vermutlich den Arm.

Ich schaue zurück zu meiner Frau. Sie hat keine Anstalten gemacht, in das Boot zu klettern. Sie starrt mich immer noch leidend an.

Was? Was ist los?

Was will sie von mir?

Ich ziele mit der Pistole auf ihren Vater, der bereits in das Boot klettert. Er reißt das Seil von der Leiter der *Honeymoon* und lässt den Motor des Boots an, während Dahlia hineinklettert.

Und dann sind sie fort.

Meine Rache wurde rückgängig gemacht.

Sie ist schiefgegangen.

Und es ist mir egal.

Der Zorn in mir ist ruhig.

Tatsächlich spüre ich gar nichts.

Ich bin vollkommen leer. So tot wie die blutigen Leichen, die das feuchte Deck übersäen.

Es ist vorbei.

Mein Racheplan, meine Ehe, meine Zukunftspläne. Ich habe gerade alles einer kleinen blonden Debütantin überlassen, die wie ein Vogel singt.

* * *

Dahlia

Mein Vater tigert mit einer Bettdecke um die Schultern hin und her. Wir sind in einem Hotel in Miami und er telefoniert mit Senator Reese, Jakes Vater. Sie besprechen die

Logistik und Gesetzeswidrigkeit, U.S. Marines hierherzu-
holen, damit sie Antonio ausschalten.

Ich gehe ins Bad und trete mit meiner feuchten Kleidung in die Dusche. Ich stehe lange Zeit unter dem Wasserstrahl, bevor ich mich auf den Fliesenboden setze und den
Kopf in die Hände sinken lasse.

Was habe ich getan?

Was hat mein Vater getan?

Und Antonio?

Heute sind Männer wegen dieser Fehde gestorben. Ich
sollte dem neuen Plan meines Vaters Beifall spenden, kann
es jedoch nicht tun. Ich habe das alles so satt.

Nichts davon hätte passieren müssen, angefangen
damit, dass mein Vater Antonio wegen eines Verbrechens
in Gefängnis hatte werfen lassen, das er nicht begangen
hatte.

Ich vermute, wir sind wirklich Romeo und Julia und die
ganze Sache wird in einer Tragödie enden.

Die Vorstellung, Antonios Körper wäre eine der vielen
Leichen, die wir heute auf der Yacht zurückgelassen haben,
sorgt dafür, dass ich beinahe an einem Schluchzen ersticke.
Die Taubheit zerbirst, ich breche zusammen und weine
hässliche Tränen.

Wie würde ich mich fühlen, wenn Antonio heute
getötet worden wäre? Es wäre ganz allein meine Schuld
gewesen. Ich bin diejenige, die meinem Vater die Nachricht
geschickt hat, wo er uns finden kann. Ich sah den Schock
über den Verrat auf Antonios Gesicht, als er realisierte, was
ich getan hatte, und das sorgt dafür, dass sich mein Magen
verknotet und verdreht.

Hasst er mich jetzt ebenfalls?

Der Gedanke lässt mich gebrochen und leer zurück. Ich
wollte die Yacht nicht einmal verlassen, als ich über deren

Seite sprang. Ich wollte zurück in Antonios Bett rennen und in seine Arme kriechen.

Oh, Gott. War es erst heute Morgen, dass wir Liebe gemacht haben? Es fühlt sich an, als wäre das vor Jahren gewesen. Vor Jahrhunderten.

Ein Leben ist vergangen, seit er mich geküsst hat.

Ich reibe mit den Händen über meine Wangen und meine Tränen mischen sich mit dem Duschwasser.

Was jetzt?

Werde ich zulassen, dass sie Antonios Mord planen?

Meine Hände finden meinen Bauch. Es ist unwahrscheinlich, jedoch möglich, dass ich in eben diesem Moment mit seinem Kind schwanger bin. Werde ich meinem Vater erlauben, meinen Ehemann zu töten?

Ich rapple mich auf und reiße mir den feuchten Bademantel vom Körper. Ich muss diesen Wahnsinn aufhalten.

Es muss hier aufhören.

Antonio gehört jetzt genauso sehr zu mir, wie er glaubt, dass ich zu ihm gehöre.

Wir sind verheiratet.

Und das ist der Moment, in dem mir noch etwas bewusst wird. Es ist vielleicht das Wichtigste von allem: Ich bin Antonio wichtig.

Er hat meinen Vater gehen lassen.

Das hat er nicht getan, weil er kein Killer ist – das ist er eindeutig. Ich habe heute zugesehen, wie er mindestens vier Männer erschossen hat. Er hasst meinen Vater – er hat Jahre seines Lebens damit verbracht, seine Rache an ihm zu planen.

Dennoch hat er ihn heute gehen lassen.

Ich kann nur vermuten, dass er das getan hat, weil ich ihn darum gebeten habe.

Weil ich ihm wichtig bin. Er hat das nicht gesagt. Er hat

mich hübsch genannt und mir das Gefühl gegeben, hübsch zu sein, doch er hat nicht gesagt, dass ich für ihn etwas anderes bin als eine Eroberung.

Wenn ich nur eine Eroberung wäre, hätte er meinen Vater allerdings nicht verschont. Vor allem nicht, nachdem er realisiert hatte, dass ich ihn verraten hatte und fliehen wollte.

Und fürs Protokoll – ich wollte nicht gehen.

Wenn ich könnte, würde ich alles in meiner Macht Stehende tun, um in der Zeit zurückzureisen, damit ich die Nachricht nicht an den Restaurantbesitzer übergebe.

Damit ich noch immer bei Antonio auf der Yacht bin. Oder nicht auf der Yacht, was das angeht. Wo hätte er mit mir wohnen wollen? Wie hätte unser Leben ausgesehen?

All diese Fragen strapazieren mein Herz, als würde es langgezogen und verdreht werden.

Ich schalte das Wasser aus und trockne mich ab, bevor ich mich in einen flauschigen Hotelbademantel wickle und die Suite betrete, um meinen Vater zu konfrontieren.

„Du musst Antonio gehen lassen."

„Es ist zu spät." Mein Vater schüttelt den Kopf. „Das FBI ist bereits auf dem Weg, um Antonio zu verhaften. Bei der Anzahl an Leuten, die er heute umgebracht hat, wird er nie wieder das Tageslicht erblicken."

Kapitel Elf

Antonio

Ich entzünde ein Streichholz und werfe es in die

Benzinpfütze, woraufhin die *Honeymoon* in Flammen aufgeht.

Ich beobachte das Spektakel einige Augenblicke.

Ich weiß nicht, worauf ich hoffe – einen Funken Befriedigung darüber, dass ich Benedicts hübsches Schiff zerstöre?

Stattdessen fühle ich nichts als der nagenden Leere, die mich begleitet, seit Dahlia von Bord gesprungen ist.

Meine Männer und ich rasen von der nicht verankerten Yacht weg, die jetzt ein nordisches Grabschiff ist und die Toten über die Regenbogenbrücke transportiert oder wohin sie angeblich gehen.

Ich habe drei Männer verloren. Wir haben Dutzende von ihren ausgeschaltet.

Ich sollte zufrieden darüber sein, dass die Schlacht gewonnen wurde, schmecke jedoch bloß Asche in meinem Mund.

„Wohin?", fragt Leo mein Soldat hinter dem Steuer.

Ich schüttle den Kopf.

„Du weißt es nicht, Boss? Oder dir ist es egal?"

„Fahr nach Miami, du Idiot", schimpft Il Greco, mein Capo. „Wir sitzen in einem verdammten Motorboot. Es ist ja nicht so, als könnten wir nach Australien segeln."

„Haltet die Klappe." Ich muss nachdenken und mir meine nächsten Schritte überlegen. Ich weiß immer, was ich als Nächstes tun werde. Ich bin der verdammte König der Strategie.

In diesem Augenblick ist mein Kopf allerdings wie leergefegt.

Mir sind die nächsten Schritte egal.

Mir ist alles egal.

Es geht nicht mehr um Rache. Mir wird plötzlich bewusst, dass es nie darum ging. Es ging um das Mädchen in der Vorratskammer, von dem ich dachte, ich würde es nicht verdienen.

All diese Arbeit diente in Wahrheit nur dazu, mich auf Dahlias Niveau zu bringen. Mich ihrer würdig zu machen.

Und ich habe es gerade versaut, indem ich ihr gezeigt habe, was ich wirklich bin.

Ein Monster.

Kapitel Zwölf

Antonio

Ich stehe auf dem Balkon meines Apartments in Manhattan und schaue hinab.

Dahlia ist in dieser Stadt, auch wenn ich sie nicht gesehen habe.

Unlogischerweise ist es jedoch ihre Anwesenheit, die mich hierhergezogen hat. Ich muss die gleiche Luft einatmen wie sie und in den gleichen Straßen wandeln.

Jede Faser in meinem Körper sehnt sich nach ihr. Es erscheint mir unglaublich, dass ich sie bloß vier kurze Nächte in meinem Bett hatte, denn ich erinnere mich an jede einzelne Sommersprosse auf ihrer Haut, an jede Kurve ihres Körpers. Ich erinnere mich daran, wie seidig ihre Haare sind und wie sich ihr Mund teilt, wenn sie kurz vor dem Höhepunkt ist.

Und die Musik.

Sie sucht mich Tag und Nacht heim.

Ich höre ihre Stimme, mit der sie Puccini singt. Ich erinnere mich an die Freude auf ihrem Gesicht, als sie auf der

Bühne in Miami stand, Pop-Songs sang und voller Hingabe tanzte.

„Boss, das musst du dir anschauen." Il Greco betritt den Balkon und hält mir eine Zeitung vors Gesicht. Es ist die Klatschspalte der *Manhattan Times* und die Titelzeile lautet: King Yachts Erbin Packt Über Ihre Ehe Aus.

Ich stoße ihn samt der Zeitung zurück. „Ich will es nicht lesen."

„Nein. Ehrlich, Antonio. Du musst es lesen."

Meine Lippen verziehen sich zu einem Knurren, doch ich entreiße ihm die Zeitung und schlage sie auf. Was für einen Mist muss ich jetzt bei meiner Planung berücksichtigen?

In den Tagen seit meiner Rückkehr habe ich mit einem Angriff von King gerechnet. Ich habe erwartet, dass das FBI oder weitere Söldner vorbeikommen. Ich habe die Security des Yachtunternehmens und meiner Privatresidenz verstärkt, doch nichts ist geschehen.

Jetzt macht es den Eindruck, als würden sie mit der öffentlichen Meinung kämpfen.

Was für ein Witz – als würde es einen Rohling wie mich interessieren, was die Leute von ihm denken. Ich bin ein Beretta. Mein Ruf wurde am Tag meiner Geburt versaut.

Erbin des King-Yachtunternehmens, Dahlia King, enthüllt alles über den Mann, den sie liebt, seit sie fünfzehn Jahre alt war. Meine Augen werden langsamer, als die Worte durcheinanderwirbeln und sich auf der Seite neu anordnen.

Was ist das hier?

Ich lese das Zitat, das die Aufmerksamkeit der Leser erregen soll, bevor ich den Artikel von Anfang an lese.

Dahlia Beretta (King), Tochter von Benedict und Barbara King, hat der Times diese Woche ein Exklusivinterview gegeben, um den Last-Minute-Wechsel ihres Bräutigams am Tag ihrer Hochzeit zu erklären. Letzte Woche sollte die Erbin den Bürgermeister New York Citys Jake Reese bei einem sehr großen und öffentlichen Hochzeitsspektakel auf Cape Cod heiraten. Daher waren die Gäste verblüfft, als der Bürgermeister nicht am Altar erschien.

An seiner Stelle stand Antonio Beretta aus New Jersey, ein Mann mit einem Vorstrafenregister und Verbindungen zur Mafia, am Altar und beanspruchte die Braut für sich. Beretta wurde an diesem Tag auch zum alleinigen Eigentümer von King Yachts.

Die Spekulationen der letzten zwei Wochen drehten sich darum, dass die Braut und ihr Vater womöglich dazu gezwungen wurden, die Wahrheit ist jedoch eine viel spektakulärere Geschichte.

Gemäß Mrs. Beretta sind sie und Antonio ineinander verliebt, seit sie ihn als Teenager kennengelernt hat. Ihr Vater hieß die Verbindung nicht gut und behauptete, der junge Mann hätte ihn bestohlen, als dieser als Kellner auf Mrs. Berettas Debütantenball gearbeitet hatte.

Beretta wurde für dieses Verbrechen zu einer dreijährigen Haftstrafe verurteilt, das er Mrs. Beretta zufolge nicht begangen hat und von ihrem Vater erfunden wurde, um die beiden voneinander zu trennen.

Der Bräutigam-Wechsel war ein ausgeklügelter Plan des Paares, damit sie ihre Partnerschaft und Ehe mit New Yorks High Society als Zeugen feiern konnten. Mrs. Beretta sagte, ihr wäre es wichtig gewesen, dass die Gesellschaft ihre Verbindung sieht und anerkennt, was nicht geschehen wäre, wäre die Hochzeit zuvor angekündigt worden.

Ich höre zu lesen auf und reibe mit einer Hand über mein Gesicht.

Was bedeutet das? Was heckt Dahlia aus?

Es muss eine Art Falle sein.

Mein verräterisches Herz ist jedoch plötzlich warm und voll.

Was, wenn es keine Falle ist? Was, wenn es Dahlias Versuch ist, mich zu retten? Vielleicht vor ihrem Vater, vielleicht vor dem Gesetz.

Ich setze mich in Bewegung, bevor sich der Gedanke richtig geformt hat.

Ich muss sie finden. Sie sehen.

Ich bin Dahlia wichtig.

Vielleicht liebt sie mich sogar, so wie es der Artikel behauptet.

Und wenn das stimmt, ist jede Sekunde verschwendet, die ich nicht bei ihr bin.

Ich jogge zur Tür und steige in mein neues 1964 Corvette-Cabriolet.

Dahlia Beretta gehört zu mir und ich werde sie mir holen. Ich parke auf der Straße unter dem luxuriösen Apartment in einem Wolkenkratzer am Central Park.

„Antonio Beretta. Ich möchte meine Frau sehen, Dahlia."

Der Portier ist offensichtlich auf mich vorbereitet. Seine Augen huschen nervös hin und her, doch er gibt nicht klein bei.

„Es tut mir leid, Mr. Beretta, aber ich wurde angewiesen, Sie zum Gehen zu bitten."

Ich schüttle den Kopf. „Ich gehe nicht ohne meine Frau."

Der Kerl schluckt. Er hat eine Scheißangst vor mir.

Schweiß rinnt ihm über die Stirn. „Soll ich die Polizei rufen, Sir?“

„Rufen Sie Dahlia. Sagen Sie ihr, dass ich hier bin.“

„Es tut mir leid, Sir. Ich habe meine Anweisungen.“

„*Jetzt.*“

Der Kerl zuckt zusammen, schüttelt allerdings den Kopf. „I-ich rufe die Cops.“

Fanculo.

Ich bin versucht, Einschüchterung zu nutzen, zügele meine Aggression allerdings. Ich bin mir ziemlich sicher, dass Dahlia nicht wollen würde, dass ich den Portier ihrer Eltern aufmische.

„Na schön.“

Ich parke mein Auto auf der anderen Straßenseite und lehne meinen Hintern an die Autotür. Ich verschränke die Arme vor der Brust und beobachte den Eingang. Früher oder später wird ein Mitglied der King-Familie aus dieser Tür kommen und ich werde hier sein, um mit demjenigen zu sprechen.

Natürlich öffnen sich die Wolken und Regen prasselt auf mich herab.

Ich ziehe das Dach über das Auto, verändere meine Position allerdings nicht.

Mir ist es sogar egal, wenn ich fünf Tage lang im verdammten Regen warten muss.

Ich gehe hier nicht weg, bis ich meine Frau sehe.

* * *

Dahlia

„Du hast diese Familie ruiniert!“, schreit mich meine Mutter an. Sie heult schon den ganzen Morgen, seit der

140

Artikel in der Klatschspalte der *Manhattan Times* erschienen ist.

Ich konnte den Plan meines Vaters, Antonio das FBI auf den Hals zu hetzen, vereiteln oder zumindest aufschieben, indem ich ihm versprach, mit der ganzen Geschichte an die Öffentlichkeit zu gehen, wenn er mir den Gefallen tat.

Er fuhr uns zurück nach Manhattan und seitdem bin ich seine Gefangene. Ich rief Bea an, damit sie mich abholt, aber der Portier weigerte sich, sie reinzulassen. Mein Vater hat Wachen vor unserer Tür stationiert – angeblich zu unserem Schutz, doch als ich versuchte, rauszugehen, ließen sie mich nicht vorbei.

Deswegen rief ich den Reporter an. Mir wurde bewusst, dass dies eine Möglichkeit war, Antonio zukünftig zu schützen. Jetzt wird alles, was ihm geschieht, von der Öffentlichkeit und hoffentlich vom Gesetz in dem Licht der Geschichte beurteilt werden, die ich über die Liebenden gesponnen habe, deren Liebe unter einem schlechten Stern stand und die voneinander ferngehalten wurden. Eine weitere *West Side Story*. Ich ließ den Teil aus, dass Antonio meinen Vater in den finanziellen Ruin getrieben hat, genauso wie das Blutbad auf der *Honeymoon*.

„*Ich* bin nicht diejenige, die sie ruiniert hat." In meiner Stimme liegt all die Kritik, die ich an meinem Vater und seinem Verhalten habe. Er ist derjenige, der Antonio falsch behandelt hat. Derjenige, der so arrogant oder töricht war, sein gesamtes Vermögen an den Mann zu verlieren. Derjenige, der irgendwie noch immer denkt, dass er etwas in meinem Leben zu vermelden hat und mir vorschreiben kann, wie ich es führe.

Ich bin meinen Eltern nicht mehr verpflichtet. Die Fesseln der Verpflichtung und des Gehorsams sind endlich fort. Vor meiner Hochzeit hielt ich mich für eine Erwachsene, war allerdings noch ein Kind, das nach ihren Wünschen gehandelt hat.

Jetzt bin ich eine Frau. Eine Frau mit Macht, die sie einsetzen kann, indem sie einfach einen Reporter anruft.

„Ich bin nicht diejenige, die einen Krieg mit der Beretta-Familie begonnen hat und denkt, er könne ihn gewinnen. Aber ich *bin* diejenige, die ihn beenden kann."

„Du hast *uns* ein Ende bereitet. Allem, was wir hatten. Du wärst die *Ehefrau eines Präsidenten* geworden", kreischt meine Mutter. Sie ist an der Bar und gießt sich einen Drink ein, obwohl noch nicht einmal Mittag ist. Der Himmel draußen ist dunkelgrau und es schüttet wie aus Eimern.

„Wir haben nichts", erinnere ich sie. „Mein Ehemann hat bereits alles genommen."

Meine Mutter wirbelt herum und ihr Mund klappt vor Schock darüber auf, dass ich die Worte *mein Ehemann* benutzt habe. „Ist es das, worum es hier geht? Ist dir dieser Mann wichtig?" Bevor ich antworten kann, stürzt sie sich in eine weitere Tirade. „Er ist dir nicht wichtig! Das waren Lügen, die du der Zeitung erzählt hast. Verzweifelte Lügen, mit denen du uns ruinieren willst. Du willst nur Rache, weil du bei deiner Ehe nicht mitbestimmen durftest."

„Ah." Ich verschränke die Arme vor der Brust. „Da ist es. Endlich gibst du es zu. All die Jahre hast du versucht, schönzureden, dass du die Entscheidungen für mein Leben getroffen hast, doch es ist die Realität. Ich war eine Gefangene in einem goldenen Käfig. Ich wurde dazu erzogen, nach deiner Pfeife zu tanzen und das Schicksal zu erfüllen, das du gerne gehabt hättest!"

„Das reicht." Mein Vater kommt in den gestrigen Klamotten aus seinem Büro. Seine Haare sind zerzaust und auf seinem Hemd ist ein Alkoholfleck. Wie meine Mutter trinkt er schon am helllichten Tag. „Wir müssen jetzt als Familie zusammenhalten. Wir sind alles, was wir haben."

Ich schnaube.

Mit dieser Familie zusammenzuhalten, ist das Letzte, was ich tun will.

Draußen auf der Straße lässt jemand wahnsinnig laut Puccini laufen. Es ist dasselbe Lied, das ich für Antonio gesungen habe.

Es fühlt sich an, als würde mir das Herz aus der Brust gerissen werden.

Die Geschichte, die ich dem Reporter erzählt habe, war keine Lüge. Ich liebe diesen Mann seit dem Tag, an dem ich ihm begegnet bin. Damals kannte ich ihn zwar noch nicht, aber meine Seele erkannte seine. Wir waren für einander bestimmt. Ich bin mir dessen sicher.

Nichts anderes würde diese Verbindung erklären, die ich von Anfang an zu ihm verspürt habe. Oder das Flattern der Aufregung, das mich jedes Mal erfasst, wenn ich mich in seiner Gegenwart aufhalte. Das Vertrauen, das ich empfinde, ohne dass es eine Basis dafür gibt.

Ich habe beinahe für seinen Tod gesorgt, in dem ich versucht habe, mit meinen Eltern ‚zusammenzuhalten'. Wie würde mein Leben aussehen, wenn ich die Verbindung zu ihnen kappen und zu dem Mann gehen würde, für den ich meiner Meinung nach bestimmt bin?

Ich höre ein Hupen, das von draußen kommt. Ein langes stetes Hupen. Es hupt im Rhythmus von ‚Shave and a Haircut'. Dann das Lied ‚Be My Baby'.

Ich keuche und renne zum Balkon, der die Straße zeigt.

„Dahlia! Was tust du denn?"

Ich ignoriere das entsetzte Kreischen meiner Mutter, trete in den Regen und lehne mich an die Brüstung, um nach unten zu schauen.

Oh, Gott.

Ich schlage mir die Hand auf den Mund, um das Schluchzen aufzuhalten.

Er ist da. Er steht im Regen, lehnt an einem hübschen, kirschroten Cabriolet und starrt mich an.

„Antonio!", brülle ich.

Die Leute schauen zu. Kamerablitze blinken auf. Die Paparazzi haben anscheinend zusammen mit Antonio vor dem Gebäude gewartet.

Ich sehe, dass Bea auch da ist. Sie steigt aus Antonios Wagen, als wäre sie diejenige, die sich um die Musik gekümmert hat. Sie winkt in einem großen Bogen mit dem Arm.

Antonio breitet beide Hände aus. „Dahlia. Bitte komm runter."

Ich schaue über meine Schulter. „Ich kann nicht. Es stehen Wachen vor der Tür."

Weitere Blitze blinken auf. Die Presse bekommt jedes einzelne Wort mit.

Antonio spannt die Schultern an und stößt sich von dem Auto ab. Plötzlich wirkt er unfassbar gefährlich.

„Nein, warte!" Ich will kein weiteres Blutvergießen. Nicht wegen mir.

Ich schwinge ein Bein über die Balkonbrüstung.

„Nein, *Principessa*!" Antonio rennt in den Verkehr und Autos müssen quietschend anhalten, als er über die Straße flitzt.

„Fang mich", fordere ich ihn heraus. Wir sind nur im zweiten Stock. Ich bin mir sehr sicher, dass Antonio mich nicht fallen lassen wird.

„Nein, nein, nein! Warte, Dahlia!"

Ich warte nicht. Ich rutsche von dem glitschigen Balkon, kreische und zapple, als ich nach unten falle. Luft rauscht an mir vorbei und der Gehweg kommt mir entgegen.

Ich falle direkt in Antonios Arme. Mein Gewicht wirft ihn zu Boden und wir laden ineinander verschlungen auf dem feuchten Asphalt.

Seine Lippen finden mein Ohr und seine Arme drücken mich so fest, dass ich nicht atmen kann. „Dahlia … Dahlia. Meine wilde, freche Frau. Meine Liebe."

„Antonio. Es tut mir so leid, was auf der *Honeymoon* passiert ist."

Antonio lacht leise und rollt mich zu sich herum. Unsere Kleider sind klatschnass und er liegt mit dem Rücken in einer Pfütze. „Die Yacht oder unsere echte Honeymoon?"

„Ich meine, was passiert ist." Tränen treten mir in die Augen. „Ich hätte meinem Vater keine Nachricht schicken sollen."

Er nimmt mein Gesicht in beide Hände und zieht meine Lippen zu seinen. „Nein, nein, nein, *Amore*. Du hast nichts falsch gemacht. Ich hatte kein Recht, dich gegen deinen Willen mitzunehmen. Vergib mir."

Ich nicke und Tränen rinnen über meine bereits feuchten Wangen. „Ich vergebe dir. Vergibst du mir?"

„Es gibt nichts, zu vergeben. Du bist perfekt."

Mittlerweile haben sich Menschen um uns geschart. Blitze blinken weiterhin auf.

Antonio hebt mich von sich, um sich aufzurappeln und mir auf die Füße zu helfen. Seine Hände gleiten über mich und sein Blick wandert über meinen Körper. „Bist du verletzt?"

Ich schüttle den Kopf.

Er deutet zu seinem Auto auf der anderen Straßenseite. „Dein Wagen erwartet dich, my Lady."

Jemand beginnt, in der Nähe zu klatschen, und jubelt lautstark.

Bea.

Ich eile zu ihr und umarme sie fest, als auch die anderen Zuschauer klatschen und jubeln.

„Ah, ja. Ich bin wieder deiner entzückenden Brautjungfer begegnet. Sie war eine große Hilfe dabei, die Musik zu finden, mit der ich dich rauslocken konnte." Er beugt sich vor und gibt Bea einen Kuss auf die Wange.

„Komm, meine süße Frau." Er hebt mich in seine Arme. „Unsere Zukunft erwartet uns."

* * *

Antonio

Ich trage meine hübsche Frau über die Schwelle meines Penthouses. Wir sind noch nass vom Regen und ihre Wangen sind gerötet. Ihre großen blauen Augen liegen sanft auf meinem Gesicht und geben mir das Gefühl, größer als das Empire State Building zu sein. Sie sieht mich auf diese Art an, seit ich sie unter dem Balkon gefangen habe.

Gott verdammt, mein Herz hat in diesem Moment ausgesetzt. Ich werde bis zum Tag meines Todes Albträume davon haben. Wenn sie sich verletzt hätte – wenn ich sie nicht gefangen oder mein Körper den Sturz nicht abgefedert hätte – ich hätte mich nie davon erholt.

Sie ignoriert das Innere meines Lofts, als ich sie durch dieses ins Bad meines Schlafzimmers trage. Stattdessen ist sie nach wie vor von meinem Gesicht fasziniert. Sie berührt meinen Kiefer und streicht mir die nassen Haare aus den Augen.

Ich setze sie im Badezimmer ab, ziehe ihr die feuchte

Bluse über den Kopf und schiebe ihre Hose samt Höschen über ihre Beine. Sie öffnet ihren BH und schleudert ihn auf den Marmorboden.

Sie knöpft mein Hemd auf, während ich meine Schuhe ausziehe und schließlich ihren Mund finde. Ich habe sie nicht mehr geküsst seit dem Tag, an dem die *Honeymoon* im Meer versunken ist. Seitdem habe ich ihren süßen Mund nicht mehr erobert oder sie nackt gesehen. Ich konnte sie weder berühren noch ihre Haut schmecken.

Beim Küssen ziehe ich mir meine restlichen Kleider aus, bevor ich rückwärtsgehe, bis wir uns unter dem Wasserstrahl befinden.

„Ich habe meine Ehefrau vermisst." Meine Stimme klingt eingerostet.

„Ich habe dich auch vermisst." Dahlia nimmt ein Seifenstück und fährt damit über meine Brust.

Ich schließe die Augen und genieße den Moment. Sauge ihn auf. Feiere, was geschehen ist. Dies ist nicht die Zukunft, die ich mir vorgestellt habe. Tatsächlich glaube ich, dass mein Racheplan nie über unsere Eheversprechen in der Kirche hinausging.

Es ist so viel süßer, als das Yachtunternehmen ihres Vaters zu übernehmen. So viel besser, als Benedict King eins auszuwischen.

Es ist viel magischer, als das Mädchen zu bekommen, von dem mir gesagt wurde, dass ich ihrer nicht würdig sei.

Dieser Moment ist echt. Er geschieht jetzt. Dahlia ist nicht irgendeine hochnäsige Debütantin, die ich mir gefügig machen will. Sie ist die lebhafte, talentierte, dreidimensionale Frau, die mich berührt und entgegen aller Vernunft meine Seite gewählt hat. Dieses Mal hat sie sich mir freiwillig angeboten.

Ich öffne meine Augen und nehme ihr die Seife ab.

Indem ich sie zwischen meinen Händen reibe, erzeuge ich Schaum, den ich anschließend auf ihren Brüsten verteile.

„Ich werde dich glücklich machen", verspreche ich ihr.

Sie schwankt und ihre Lider senken sich.

„Du kannst alles haben, was du willst. Gesangsunterricht, Auftritte, deine eigene Band. Was immer meine Frau zum Lächeln bringt, ich werde es ermöglichen."

Ihr Gesicht hellt sich auf und sie lächelt dieses Lächeln, das mich erledigt.

Ich gehe auf ein Knie, um ihre Beine einzuseifen, bevor ich ihren Hintern und ihre Pospalte streichle.

Sie kichert nicht oder zappelt, sondern nimmt die intime Berührung an, als sei sie die Queen und dies ihr Recht – was es ist.

Die Leine, an die ich meine Selbstbeherrschung genommen habe, reißt und ich presse Dahlia an die Wand. Ich hebe eines ihrer Beine über meine Schulter, um an ihre Mitte zu gelangen. Ich lecke in sie und fixiere ihr Becken an den Fliesen, damit ich sie vernünftig befriedigen kann.

Sie packt meinen Kopf, zunächst um das Gleichgewicht zu wahren, dann um mich an ihr heißes Fleisch zu ziehen und anzuspornen. Ich stimuliere ihren Kitzler mit meiner Zunge, während ich mit den Fingern über ihre Spalte gleite. Sie will jedoch mehr. Sie packt mein Handgelenk und presst meine Finger an sich. Ich dringe mit einem in sie und pumpe ihn langsam rein und raus, während ich an ihrer Lustperle sauge.

„Ja", stöhnt sie. „Bitte, Antonio."

Fanculo. Ihr Betteln lässt mich die Kontrolle verlieren. Ich füge einen zweiten Finger hinzu und bewege ihn. Ihr Stöhnen wird immer lauter und höher, bis es fast ein Kreischen ist.

Ich kann es nicht mehr ertragen. Ich erhebe mich und

drehe ihr Gesicht zur Fliesenwand. Nachdem ich ihre Beine gespreizt und ihre Hüften zurückgezogen habe, führe ich meinen Schwanz an ihren Eingang.

Ich versuche, langsam vorzugehen, und mich daran zu erinnern, dass sie im Grunde genommen noch Jungfrau ist. Doch dann streckt sie mir ihren Hintern entgegen und ich vergesse, sanft zu sein. Ich packe ihre Hüften, ramme mich in sie und presse ihren Oberkörper an die Fliesen. Unsere Körper verschmelzen in einem perfekten Rhythmus und mit perfekter Synchronität miteinander. Ihre Schreie vermischen sich mit meinen keuchenden Atemzügen. Jeder kraftvolle Stoß bringt uns an den Rand der Ekstase. Wir kosten den Moment in vollen Zügen aus, den Moment, in dem wir keine Individuen mehr sind und eine vereinte Kraft werden. Dahlia gehört zu mir und ich gehöre zu ihr. Gemeinsam sind wir alles.

Ich weiß nicht, wie lange unser Liebesspiel andauert. Ich weiß nur, dass ich mich irgendwann aus ihr ziehe, sie umdrehe und wieder an der Wand fixiere. Ich weiß, dass ihre Arme um meinen Hals geschlungen sind und sie ihre kehligen Schreie direkt neben meinem Ohr ausstößt. Ich weiß, dass sie meinen Namen ruft und ich ihren. Und es geht immer weiter, als würden wir die sieben Jahre wiedergutmachen, die wir voneinander getrennt waren, sowie unseren stürmischen Anfang. Auf diese Weise bestätigen wir das, was wir nun sind. Unsere Ehe. Unsere Einheit. Unseren Frieden.

Auf diese Weise erhalte ich den ultimativen Rachesex. Der Sex, mit dem ein völlig neues Leben voller Liebe, Gemeinschaft und Dahlia beginnt.

Epilog

Dahlia

Ich bin wahnsinnig nervös. Mit den Händen streiche ich über mein mitternachtsblaues Minikleid, das sich an meine Kurven schmiegt. Ein Paar passender schenkelhoher Stiefel vervollständigen das Outfit. Ich werde gleich die Bühne betreten und singen. Ein geplanter Auftritt ist jedoch etwas ganz anderes, als in Miami betrunken das Mikrophon in die Hand zu nehmen.

Antonios Onkel, Don Beretta, hält in einem seiner Nachtclubs eine private Feier zu Antonios und meinem Hochzeitstag ab, und Antonio hat mich gebeten, ihm als Geschenk ein Lied zu singen. Ich habe mich für Peggy Lees aktuelle Version von ‚Fever‘ entschieden. Es ist sexy und sinnlich und spricht von der brennenden Romantik, die zwischen meinem Ehemann und mir besteht.

Dass meine Eltern hereingeführt werden und Plätze in der ersten Reihe neben Bea erhalten, habe ich allerdings nicht erwartet.

Sie sieht so überrascht aus, wie ich mich fühle, weshalb ich weiß, dass sie sie nicht eingeladen hat. Seit dem Tag, an dem ich von dem Balkon gesprungen bin, habe ich nicht mehr mit ihnen gesprochen. An diesem Tag wurde ich ein Teil von Antonios Welt und ließ das High Society Leben hinter mir. Ich habe es kein einziges Mal vermisst.

Bea ist immer noch meine beste Freundin (sehr zum Missfallen ihrer Eltern) und ich wurde vollständig in den Beretta-Clan aufgenommen. Ich habe jetzt temperamentvolle Cousinen und Schwestern und Freunde. Die Berettas sind ein verschworener, lauter, lebhafter Haufen.

Antonio hat vermutlich für die Anwesenheit meiner Eltern gesorgt. Ich kann mich nicht entscheiden, ob ich ihn küssen, schlagen oder weinen will. Vielleicht werde ich alles tun. Es ist jetzt jedoch zu spät, um einen Rückzieher zu machen oder meinen Ehemann zu verfluchen. Der Leadsänger der Band kündigt mich bereits an.

Wah!

Meine Beine zittern, als ich die Bühne betrete und das Mikrophon nehme. Die Band spielt bereits die Melodie des Lieds. Wir haben es heute Nachtmittag geübt und es lief super. Es gibt keinen Grund zur Panik. Keinen anderen Grund, als dass ich für Antonio singen und mich sexy fühlen wollte, und jetzt meine Eltern hier sind, die meinen Gesang hassen und meine offene Sexualität wahrscheinlich für eine Beleidigung meiner Erziehung halten.

Zum Teufel mit ihnen. Das hier ist mein Hochzeitstag. Das hier ist meine Welt. Vor einem Jahr begann mein echtes Leben. Das Leben, in dem ich Ich bin und dafür geliebt werde, wer ich bin, anstatt dafür, was ich repräsentiere. Nicht dafür, welches Licht ich auf andere werfe.

Ich halte nach Antonio Ausschau. Dieses Lied ist immerhin sein Geschenk. Ich bin schockiert, als ich sehe, dass er neben meiner Mutter Platz nimmt. Alle drei sitzen jetzt an einem kleinen Couchtisch vor der Bühne.

Mein Ehemann lehnt sich auf seinem Sessel zurück und heftet seinen dunklen, funkelnden Blick auf mich, als er eine Zigarre anzündet. Er zwinkert und mehr brauche ich nicht, damit meine Kräfte zurückkehren.

Denn Antonio gibt mir das Gefühl, mächtig zu sein.

Er gibt mir das Gefühl, hübsch, talentiert und stark zu sein. Und ich habe mein altes Leben kein bisschen vermisst. Ja, die Kluft zwischen mir und meinen Eltern hat mich gestört, doch ich habe es nicht vermisst, unter ihrer Kontrolle zu leben oder mit dem Druck, ständig für sie funktionieren zu müssen.

Ich blicke unverwandt in das hübsche Gesicht meines Ehemannes und lasse langsam meine Hüften im Rhythmus der Musik kreisen. Sobald ich zu singen beginne, vergesse ich meine Nervosität. Ich vergesse, dass meine Eltern womöglich etwas gegen diesen Auftritt haben. Ich höre auf, mir Sorgen darüber zu machen, warum sie hier sind oder was ich anschließend zu ihnen sagen werde. Ich fühle einfach nur die Musik. Verkörpere die Musik. Singe aus purer Freude. Aus Liebe. Aus Hingabe für den Mann, der sich mir mit Haut und Haaren verschrieben hat.

Antonios Blick verlässt mein Gesicht kein einziges Mal und das verrät mir alles: dass er genauso fasziniert ist wie ich. Genauso bezaubert. Genauso verliebt. Es ist eigenartig, aber unsere Liebe scheint nur zu wachsen.

Als ich das Lied beende, bemerke ich, dass alle zuschauen. Sogar Don Beretta und die Männer der Familie, die sich laut miteinander unterhalten haben, als ich begonnen habe, sind jetzt still und starren mich an.

Ich singe den letzten Ton und stecke das Mikrophon ungeschickt zurück in den Ständer.

Habe ich sie beschämt? Vielleicht mögen es die Berettas auch nicht, wenn ich in der Öffentlichkeit singe.

Ich blicke zu meinen Eltern und bin schockiert, als ich sehe, dass eine Träne über das Gesicht meiner Mutter rinnt. Sie steht wackelig auf. Sie wird jetzt aus dem Raum laufen, ohne auch nur ein Wort mit mir zu sprechen.

Doch nein, sie steht auf und beginnt, zu klatschen. Sie gibt mir Standing Ovations.

Die verrauchte Lounge bricht in Applaus aus. Es erklingen eine Menge Jubelrufe. Manche Leute schreien meinen Namen. Bea ist eine von ihnen, glaube ich. Und Antonio.

Ich brauche einen Augenblick, um mich zu erholen, aber ein Lächeln breitet sich auf meinem Gesicht aus und ich verbeuge mich.

Mein Dad steht auf – allerdings meine ich, dass Antonio ihm vorher einen finsteren Blick zuwirft.

Ich verbeuge mich noch einmal und Hitze sowie Druck bauen sich in meiner Brust und hinter meinem Gesicht auf, als würde ich gleich weinen.

Anstatt von der Bühne zu gehen, ergreife ich Antonios Hand, die er mir reicht, springe von der Bühne und falle gegen ihn. Er hüllt mich in eine Umarmung und küsst mich auf die Stirn. „Bravo, *Principessa. Grazie.* Ich habe den Song geliebt. Du warst unglaublich.“

„Du hast meine Eltern eingeladen“, krächze ich.

„Das habe ich getan. Es ist an der Zeit, sich zu versöhnen, *Amore.*“ Er dreht mich zu meiner Mutter und schiebt mich vor.

Meine Mom hält sich zurück. Es entsteht ein peinlicher Moment, bis Bea jeweils einen Arm um unsere Schultern legt und uns in eine Gruppenumarmung zieht. „War sie nicht fantastisch, Mrs. King?“

Meine Mom antwortet nicht. Es wäre vermutlich zu

viel, das vor Bea zu gestehen, wenn mein Gesang eine Peinlichkeit ist. Stattdessen bricht sie in Tränen aus.

„Oh, Dahlia! Geht es dir gut? Du siehst so glücklich aus. Ich habe dich so sehr vermisst.“

Ich ziehe meine Mom in eine echte Umarmung und tätschle ihren Rücken, als sei sie das Kind und ich die Mutter. „Ich habe dich auch vermisst, Mom. Ich bin sehr glücklich mit Antonio. Ich liebe ihn.“

Ich spüre Antonios Blick auf mir, als ich diese Worte sage, und drehe mich um, woraufhin ich ihn mit meinem Vater reden sehe. Er schiebt meinen Vater zu mir und ich ertrage noch eine unbeholfene Umarmung.

„Netter Gesang, Schatz. Hübsches Kleid.“

Das sind nicht die Worte, die ich von meinem Vater brauche, aber es ist ein Anfang.

Champagner wird entkorkt und jemand rollt eine riesige mehrstöckige Torte heraus, als wäre unsere Hochzeit und nicht unser erster Hochzeitstag.

„Die Torte ist da. Ihr bleibt zum Nachttisch, oder?“, fragt Antonio meine Eltern. „Setzt euch mit Dahlia hierher. Ihr drei bringt euch auf den neuesten Stand. Bea du auch – ihr vier. Ich muss die Runde machen.“

Meine Sicht verschwimmt kurz wegen der Zuvorkommenheit meines Ehemannes. Wegen der Leichtigkeit, mit der er Berge versetzt und Wunder organisiert.

Gott segne Bea, die fröhlich über die Band und mein Kleid und das Wetter spricht.

„Ich habe dich lieb“, unterbricht mein Vater Beas Monolog.

Wir starren ihn alle überrascht an. Er ist nicht der Typ Mann, der Emotionen ausdrückt. „Ich bin froh, dass du in Sicherheit bist. Ich hätte mir nie verziehen, wenn dieser ...“ Er scheint sich auf die Zunge zu beißen, damit er nicht das

Schimpfwort ausspricht, mit dem er Antonio bedenken wollte. „Wenn dein Ehemann grausam zu dir gewesen wäre. Aber er scheint dich zu lieben. Und ich schätze, das ist alles, was am Ende zählt."

Mein Vater wirkt niedergeschlagen, was mir nicht gefällt, ich erinnere mich jedoch daran, dass er sich das selbst zuzuschreiben hat.

Ich beuge mich zu ihm und küsse ihn auf die Wange. „Ich habe dich auch lieb, Daddy."

Einer der Kellner schneidet die Torte an, andere bringen uns Champagner und auf der anderen Seite des Raums klopft Antonio an sein Glas, um alle zum Schweigen zu bringen.

„Ich möchte auf meine hübsche Frau anstoßen." Er hebt sein Glas. „Vor acht Jahren erhielt ich einen Job auf einer Yacht, wo ich das hübscheste Mädchen der ganzen Welt küsste. Das hat den Lauf meines Lebens verändert." Sein Ton klingt trocken und sein Publikum reagiert mit einem missmutigen Brummen. Alle hier wissen, was als Nächstes geschehen ist, denn in italienischen Großfamilien gibt es keine Geheimnisse. Sie wissen, was mein Vater getan hat, und dass Antonio daraufhin nach Rache sann.

Meine Schwiegermutter schaut meinen Vater finster an. Sie liebt mich, wird ihm jedoch nie verzeihen, auch wenn Antonio Frieden mit dem Ergebnis des Ganzen geschlossen hat.

„Nein, nein." Antonio streckt eine Hand aus. „Lasst uns meinen Schwiegervater nicht verunglimpfen. Er hielt mich damals für unwürdig, was mich dazu motiviert hat, etwas aus mir zu machen. Und das habe ich getan." Antonio breitet die Arme weit aus und der Raum bricht in Jubelrufe aus. Es stimmt. In dem einen Jahr unserer Ehe habe ich erfahren, dass Antonio die Beretta-Familie inzwischen im

Grunde genommen anführt. Der Don hat sich größtenteils aus dem Geschäft zurückgezogen. Sein Neffe ist schneller aufgestiegen, als es jemals zuvor irgendein Mann getan hat, und er hat das Ruder übernommen und hunderte Millionen Dollar verdient.

Wie sich herausstellte, war das Yachtgeschäft der Schlüssel dazu, dass die Berettas ihre Waffen mit Leichtigkeit über internationale Gewässer befördern können. Antonio hat *King Yachts* wieder zu einem profitablen Unternehmen gemacht, ohne schmutziges Geld zu verwenden.

„Und obwohl ich dachte, dass ich mich zu einem mächtigen Mann hocharbeitete, damit ich Rache nehmen konnte, stellte sich heraus, dass Mr. King recht hatte. Ich musste mich Dahlia als würdig erweisen. Denn sie ist mein ein und alles. Und ich würde alles tun, um sie glücklich zu machen."

Aw, verdammt. Mein Mascara wird verlaufen. Ich tupfe an meinen Augenwinkeln. Antonio findet meinen Blick und hebt sein Glas. „Also trinken wir auf dich, *Principessa*. Meine liebste Dahlia. Du bist die Liebe meines Lebens."

„Awww", seufzen einige der weiblichen Gäste.

Antonio ignoriert sie und fährt fort: „Danke, dass du meine Frau bist."

Meine Mom presst sich eine Serviette auf den Mund, um ein Schluchzen zu verdecken.

Ich stehe vom Tisch auf und durchquere den Raum langsam, wobei ich unverwandt in das gut aussehende Gesicht meines Ehemannes blicke. Es ist beinahe so, als wäre dies unsere Hochzeit – eine echte Hochzeit – und ich liefe zu ihm an den Altar, um unsere gemeinsame Zukunft für immer zu besiegeln.

Er stellt sein Glas ab, als er mich kommen sieht, und

nimmt meine Hände in seine. „Willst du mich heiraten?", fragt er. Ich lache, schluchze und nicke, wobei mir jetzt echte Tränen entwischen.

„Ich liebe dich, Mrs. Beretta."

„Ich liebe dich."

Die Menge jubelt.

„*Saluti*", ruft Don Beretta, woraufhin alle ihr Glas heben und trinken. Alle mit Ausnahme von mir und Antonio, da wir uns leidenschaftlich küssen.

„Komm her." Er nimmt meine Hand und wir schlüpfen aus dem Raum, während sich die Partygäste der Torte und dem Champagner widmen.

Antonio zieht mich in ein Büro, wo er einen Umschlag aus seiner inneren Jackentasche holt und mir reicht. „Dies ist mein Geschenk für dich."

„Was ist es?"

„Mach nur." Er nickt zu dem Umschlag. „Öffne ihn."

Ich weiß nicht, warum meine Finger zittern, als ich den Umschlag öffne. Ich weiß, dass es nichts Unerwünschtes ist wie Scheidungspapiere. Es liegt an der Emotionalität des Moments, schätze ich. An dem überwältigenden Gefühl, so gründlich geliebt zu werden.

Ich entfalte einen Stapel Papiere und überfliege sie. Es *sind* rechtsgültige Papiere.

„Du überschreibst mir *King Yachts*?"

„Ja. Es liegt an dir, ob du sie deinem Vater zurückgeben willst. Er hat die Gelder ohnehin eingestrichen, da ich ihm sein Gehalt für das letzte Jahr gezahlt habe."

„Das ... das hast du getan? Du hast meinem Vater ein Gehalt bezahlt." Ich kann nicht verhindern, dass ich ungläubig klinge. „Hat er für dich gearbeitet?"

Antonio lacht trocken. „Nein. Und das will ich auch

nicht. Aber ich konnte deine Eltern nicht verhungern lassen."

Ich lache tränenerstickt. „Sie wären nicht verhungert. Sie hätten die Hälfte ihrer Grundstücke verkaufen und den Rest ihres Lebens von den Zinsen des Erlöses leben können."

„Nun, ich wollte nicht, dass sie leiden. Sie sind deine Eltern. Das bedeutet, dass sie auch meine Familie sind."

Dieser Mann. Er ist zwar ein unbarmherziger Geschäftsmann, in seinem Inneren hat er jedoch ein großes weiches Herz.

„Ich gebe meinem Vater das Unternehmen nicht zurück. Es ist ein legales Unternehmen und wir behalten es für unsere Familie. Für unsere zukünftigen Kinder. Es wird unser Erbe sein."

Antonio nimmt mein Gesicht in die Hände. „Ich kann es nicht erwarten, diese Familie zu beginnen, *Principessa*."

Und jetzt zu meinem echten Geschenk zum Hochzeitstag. Es ist viel besser als ein Lied auf einer Party. Es ist etwas, was ein Leben lang da sein wird.

Ich strahle ihn an. „Das haben wir bereits getan."

Der Direktor

***Der Direktor* von Renee Rose**

Chicago Bratwa-Serie, Buch 1

NIEMAND NIMMT SICH, WAS MIR GEHÖRT.

Die hübsche Anwältin hat mit etwas verschwiegen.

Ein Baby, das sie seit dem Valentinstag in sich trägt.

Seit der Nacht, als wir von einem Roulette-Rad zufällig zusammengebracht wurden.

Sie hat mich nie kontaktiert. Wollte mich im Dunkeln darüber lassen.

Jetzt wird sie herausfinden, was passiert, wenn man einen Bratwa-Boss verärgert.

Eine Bestrafung ist angebracht. Arrest bis zur Geburt.

Und ich werde diese Zeit nutzen, ihre Unterwerfung zu gewinnen.

Weil ich nicht nur vorhabe, das Baby zu behalten—

Ich will die Mutter zu meiner Braut machen.

Und es wäre für uns beide so viel besser, wenn sie gewillt wäre.

https://geni.us/directorde

Bücher von Renee Rose

Master Me

Ihr Königlicher Master

Ja, Herr Doktor

Ihr Marine Master

Ihr Russischer Gebieter

Ihre Zwillingsmaster

Ihr Brandmeister

Ihr Küchenmeister

Ihr Hollywood Master

Ihr Bad Boy Master

Chicago Bratwa

Der Direktor

Gefährliches Vorspiel

Der Mittelsmann

Bessessen

Der Vollstrecker

Der Soldat

Der Hacker

Der Buchmacher

Der Reiniger

Der Torwächter

Mafia Männer Reihe

ungebärdig - Buch 0 (gratis)

ungezähmt– Buch 1

ungestüm - Buch 2

ungezügelt - Buch 3

unzivilisiert - Buch 4

ungebremst - Buch 5

unbändig - Buch 6

Two Marks

ungebärdig - Buch 1 (gratis)

versucht - Buch 2

Begehrt - Buch 3

verzaubert - Buch 4

Wolf Ridge High

Alpha Bully - Buch 1

Alpha Knight - Buch 2

Step Alpha - Buch 3

Alpha King - Buch 4

Bad Boy Alphas

Alphas Versuchung

Alphas Gefahr

Alphas Preis

Alphas Herausforderung

Alphas Besessenheit

Alphas Verlangen

Alphas Krieg

Alphas Aufgabe

Alphas Fluch

Alphas Geheimnis

Alphas Beute

Alphas Blut

Alphas Sonne

Alphas Mond

Alphas Schwur

Alphas Rache

Alphas Feuer

Alphas Rettung

Alphas Befehl

The Werewolves of Wall Street Serie

Der große böse Boss: Mitternacht

Der große böse Boss: Mondverrückt

Der große böse Boss: Markiert

Der große böse Boss: Miteinander

Mitternacht Doms

Alphas Blut von Renee Rose & Lee Savino

Ihr Vampir Master von Maren Smith

Ihr Vampir Held von Nicolina Martin

Ihr Vampir Schuft von Brenda Trim

Ihr Vampir Rebell von Zara Zenia

Ihre Vampir Leidenschaft von Tymber Dalton, die als Lesli Richardson schreibt

Ihre Vampir Versuchung von Alexis Alvarez

Ihre Vampir Besessenheit von Tabitha Black

Ihr Vampir Verdächtiger von Brenda Trim

Seine gefangene Sterbliche von Renee Rose & Lee Savino

Die Gefangene des Vampirs by Kay Elle Parker

Vampirbeute von Vivian Murdoch

Die Meister von Zandia

Seine irdische Dienerin

Seine irdische Gefangene

Seine irdische Gefährtin

Seine irdische Rebellin

Seine irdische Frau

Ihr Gefährte und Meister

Zandianisches Haustier

Sein irdischer Besitz

Zandianische Bräute

Eine Nach md den Zandianern

Von den Zandianern gekauft

Von den Zandianer beherrscht

Das Licht der Zandianer

Festgehalten vom Zandianer

Vom Zandianer beansprucht

Vom Zandianer gestohlen

Über die Autorin

USA TODAY Bestseller-Autorin RENEE ROSE liebt dominante, verbalerotische Alpha-Helden! Sie hat bereits über eine halbe Million Exemplare ihrer erotischen Liebesromane mit unterschiedlichen Abstufungen verruchter sexueller Vorlieben und Erotik verkauft. Ihre Bücher wurden außerdem in *USA Todays Happily Ever After* und *Popsugar* vorgestellt. 2013 wurde sie von *Eroticon USA* zum nächsten *Top Erotic Author* ernannt und freut sich ebenfalls über die Auszeichnungen Spunky and Sassy's *Favorite Sci-Fi and Anthology Autor*, The Romance Reviews *Best Historical Romance* und Spanking Romance Reviews *Best Sci-fi, Paranormal, Historical, Erotic, Ageplay and Couple Author*. Bereits fünfmal gelang ihr eine Platzierung in der USA-Today-Bestsellerliste mit verschiedenen literarischen Werken.

Besuchen Sie ihren Blog unter www.reneeroseromance.com